ビギナーズ・クラシックス 中国の古典

水滸伝

小松 謙＝編

角川文庫
23964

目次

コラム

主な登場人物

（　）内は綽号、〈　〉内は初めて登場する回

●梁山泊の豪傑たち（席次順）

宋江（呼保義・及時雨）〈第十八回〉

梁山泊席次第一の大頭目。字は公明。山東鄆城県の胥吏（地元採用の下級役人。58・59ページ参照）だったが、妾の閻婆惜を殺したため逃亡、各地を回った後、逮捕されて江州に流罪になり、謀反の疑いで処刑されそうになったところを救出されて梁山泊に入る。晁蓋の死後大頭目となる。

盧俊義（玉麒麟）〈第六十一回〉

席次第二の副頭目。北京大名府の富豪だったが、梁山泊に仲間入りさせようとする呉用の策謀のため、無実の罪で投獄され、処刑されそうになったところを救出され

て梁山泊入りする。

呉用（智多星）〈第十四回〉

字は学究。鄆城県の寺子屋の師匠だったが、親友晁蓋の生辰綱（奸臣蔡京の誕生祝い）強奪に参加、その後梁山泊入りし、梁山泊の軍師役を担う。

公孫勝（入雲龍）〈第十五回〉

羅真人のもとで修行を積んで超能力を身につけた道士で、生辰綱強奪に参加し、晁蓋とともに梁山泊入りする。

関勝（大刀）〈第六十三回〉

『三国志』の英雄関羽の子孫で、容姿も武器も関羽そっくり。官軍の将として梁山泊に攻め寄せるが、捕らえられて仲間入りする。

林冲（豹子頭）〈第七回〉

禁軍（正規軍）の槍棒術師範だったが、高俅の養子が美人の妻に横恋慕したため高俅に陥れられ、配流された滄州で殺しに来た陸謙たちを返り討ちにして梁山泊入り。王倫を殺して晁蓋を頭領に据える。

秦明（霹靂火）〈第三十四回〉

官軍の将として清風山にこもる宋江・花栄らを攻めるが、罠に掛けられて仲間入りする。短気な性格。

呼延灼（双鞭）〈第五十四回〉

官軍の将として、連環馬の戦術で梁山泊を苦しめるが、徐寧の鉤鎌槍に破られて青州に逃亡、青州の軍を率いて再び梁山泊と戦うが、呉用の策で捕らえられ仲間入りする。

花栄（小李広）〈第三十三回〉

弓の名手。清風寨知寨だったが、親友の宋江をかくまったため、同僚の劉高と争いになり、謀られて捕らえられるが、清風山の燕順らに救出され、その後秦明・燕順らとともに梁山泊入りする。

柴進（小旋風）〈第九回〉
宋に帝位を譲った後周皇帝の子孫として特権を持ち、林冲・武松・宋江などの豪傑を保護していたが、高俅の従兄弟高廉に投獄され、宋江らに救出されて梁山泊入りする。

李応（撲天鵰）〈第四十七回〉
祝家荘に隣り合う李家荘の主人。五振りの飛刀を得物とする。楊雄に頼まれて時遷を釈放させようとするが、侮辱されて争いになり負傷。梁山泊への協力を断るが、欺かれて仲間入りすることになる。

朱仝（美髯公）・雷横（挿翅虎）〈第十三回〉

ともに鄆城県の都頭（警察隊長）で、晁蓋や宋江を見逃す。雷横は母をなぐった妓女白秀英を殺したため流罪になるが、護送の朱仝に逃がしてもらって梁山泊入り、そのとがで滄州に流罪になった朱仝は、呉用らの計略で世話をしていた知府の子を殺されて梁山泊入りする。

魯智深（花和尚）〈第三回〉

俗名魯達。人助けのため誤って肉屋をなぐり殺してしまい、罪を逃れるため五台山で出家。開封の相国寺の僧になるが、林冲を守ったため寺にいられなくなり、楊志とともに二龍山を乗っ取る。呼延灼と戦いになって、楊志・武松と梁山泊に合流。

武松（行者）〈第二十二回〉

虎を倒して陽穀県の都頭になるが、義姉の潘金蓮と密通相手の西門慶に兄の武大を殺され、二人を殺して孟州に配流される。施恩のために蔣門神をこらしめたために陥れられて、張都監・蔣門神らを殺し、行者に姿を変えて二龍山入りする。

楊志（青面獣）〈第十二回〉
もと軍人だったが、花石綱運搬に失敗して逃亡。復職運動で一文無しになったため宝刀を売ろうとして、チンピラに絡まれて殺害、北京大名府に流罪。梁中書に認められて生辰綱を運ぶが、晁蓋らに奪われ、曹正の策によって魯智深とともに二龍山を乗っ取る。

索超（急先鋒）〈第十三回〉
北京大名府の軍人。梁中書の前で楊志と腕比べをする。北京に攻め寄せる梁山泊軍と再三戦った末に、罠にはまって捕らえられて仲間入り。短気な性格。

戴宗（神行太保）〈第三十八回〉
江州の牢番の長で、神行法という術により、一日八百里走ることができる。宋江が逮捕された時、呉用と謀って助けようとするが、手抜かりのためともに処刑されるところを晁蓋らに救出されて梁山泊入り。伝令役をつとめる。

劉唐（赤髪鬼）〈第十四回〉
晁蓋を訪れて生辰綱強奪を持ちかける。梁山泊入り後、宋江に晁蓋の手紙を届けて閻婆惜殺しのきっかけを作る。

李逵（黒旋風）〈第三十八回〉
戴宗の下で江州の牢番だったが、宋江と戴宗が処刑されそうになった時斬り込み、そのまま梁山泊入り。色の黒い大男で、殺人好きの粗暴な性格だが、宋江には深く心服している。

史進（九紋龍）〈第二回〉
豪農の子で、王進から武芸を授けられる。少華山の山賊朱武たちとの交際がもとで出奔し、魯達と出会うなど各地をさすらった末に少華山で朱武たちに合流、悪逆の華州知州を殺そうとして捕らえられるが、梁山泊に救われて合流する。

李俊（混江龍）〈第三十六回〉

長江の船乗りで、童威・童猛兄弟や李立と塩の密売などに従事。李立に捕らえられた宋江を救出して交わりを結び、江州で宋江たちが処刑されそうになった時救援に駆けつけてそのまま梁山泊入り。水軍の将。

阮小二（立地太歳）・阮小五（短命二郎）・阮小七（活閻羅）〈第十五回〉

梁山泊に隣り合う石碣村の漁師だったが、呉用の誘いで生辰綱強奪に参加、晁蓋らと梁山泊入りする。水軍の将。

張横（船火児）〈第三十七回〉・**張順（浪裏白跳）**〈第三十八回〉

兄弟で組んで長江で水賊を働いていたが、その後張横は密売、張順は漁師の元締めに転じる。張横は流罪途中の宋江と知り合い、張順は李逵とけんかしたのがきっかけで親しくなる。李俊たちとともに宋江を救いに駆けつけてそのまま梁山泊入りする。水軍の将。

楊雄(病関索)・石秀(拚命三郎)〈第四十四回〉

楊雄は薊州の牢番兼首斬り役人、石秀はもと肉屋の薪売りで、楊雄が兵士に絡まれているところを石秀が助けて義兄弟になる。楊雄の妻潘巧雲の不倫を石秀が暴き、潘巧雲を殺した二人は時遷を伴って梁山泊に向かうが、途中祝家荘でトラブルを起こし、助けを求めて梁山泊に入る。

解珍(両頭蛇)・解宝(双尾蝎)〈第四十九回〉

登州の猟師兄弟。殺した虎を毛太公に横取りされた末に、陥れられて投獄されるが、孫立たちに救出され、一同で祝家荘攻略に貢献して梁山泊に入る。

燕青(浪子)〈第六十一回〉

盧俊義の使用人で、投獄された主人を救うため梁山泊に救いを求めて梁山泊入りする。小柄な色白の美男子で、あらゆる遊芸を身につけ、各地の方言を自在に操り、また格闘技と弩の名手でもある。後半では李逵や柴進と組んで活躍する。

朱武（神機軍師）〈第二回〉

陳達・楊春と少華山で山賊を働き、陳達が捕らえられたのをきっかけに史進と交わりを結ぶ。史進たちとともに梁山泊入りし、後半では盧俊義の軍師として活躍する。

孫立（病尉遅）〈第四十九回〉

登州の軍人。解珍・解宝を救うため孫新・顧大嫂・楽和とともに牢を破り、祝家荘に入り込んで攻略に貢献する。

王英（矮脚虎）〈第三十二回〉・**扈三娘（一丈青）**〈第四十八回〉

王英は燕順らとともに清風山で山賊をしていたが、花栄・秦明らとともに梁山泊入りする。小柄で、梁山泊では例外的な好色漢。扈三娘は祝家荘に味方する扈家荘の娘で、双刀を使う武芸の達人。宋江を追い詰めるが林冲に捕らえられ、宋江の媒酌で王英と結婚する。

張青（菜園子）・孫二娘（母夜叉）〈第二十七回〉

孟州近くの十字坡で飲み屋を経営する夫婦。旅人をしびれ薬で倒し、持ち物を奪った上に肉饅頭の餡にしている。魯智深・武松と交わりを結ぶ。

白勝（白日鼠）〈第十六回〉

博打打ち。生辰綱強奪で酒売りに変装して重要な役割を果たす。

時遷（鼓上蚤）〈第四十六回〉

泥棒の名人。薊州から楊雄・石秀が逃れる際に同行し、祝家荘で鶏を盗んで捕らえられて争いの原因を作る。その後特技を生かして、忍者的な活躍をする。

●朝廷の人々

徽宗〈第二回〉

北宋の第八代皇帝。書画に関しては天才的な才能を持つが、政治的能力に欠け、蔡京・高俅・童貫らを信任して北宋を滅亡に導く。

蔡京〈第十三回〉

宋の宰相。巧みに徽宗の好みに投じた動きを取ることにより権力を保持した。作中では高俅・童貫・楊戩と並んで四奸臣の一人とされる。文官最高位を示す太師の肩書きで呼ばれる。第三十九回に登場する蔡九知府はその息子。

高俅〈第二回〉

ごろつきだったが、蹴鞠の技で即位前の徽宗に気に入られ、即位に伴い禁軍の司令官に成り上がる。林冲を無実の罪に落とすなど、『水滸伝』では悪役筆頭。武官最高位を示す太尉の肩書きで呼ばれる。

梁中書〈第十二回〉

名は世傑。北京大名府の長官。舅の蔡京に誕生祝いを届けようとして（生辰綱）、楊志に運搬を任せるが、晁蓋たちに強奪されてしまう。

宿元景（しゅくげんけい）〈第五十九回〉

徽宗（きそう）の側近。華山に奉納品を届ける途中で、華州知府を倒すため宋江たちが奉納品を無理矢理借り受けたことをきっかけに関係ができ、以後奸臣に対抗して宋江たちを守る善玉大臣として活躍する。太尉の肩書きで呼ばれる。

●その他

王進（おうしん）〈第二回〉

禁軍槍棒術師範。禁軍の司令官になった高俅（こうきゅう）が、かつて王進の父にたたきのめされたことを根に持って迫害しようとしていることを察知し、母を連れて逃れる途中で世話になった屋敷で史進に武芸を授けて立ち去る。

武大（ぶだい）と潘金蓮（はんきんれん）〈第二十四回〉

武松の兄とその妻。武大は弱虫の小男で、夫に満足できない潘金蓮は美丈夫の武松に思いを寄せるがはねつけられる。武松の留守中に潘金蓮は金持ちの色男西門慶（せいもんけい）と密通し、取り持った王婆（おうば）に唆されて武大を毒殺するが、戻ってきた武松に復讐（ふくしゅう）される。

潘巧雲（はんこううん）〈第四十四回〉

楊雄（ようゆう）の妻。美男の僧侶裴如海（はいにょかい）と密通し、楊雄・石秀（せきしゅう）に殺される。

高廉（こうれん）〈第五十二回〉

高俅（こうきゅう）の従兄弟（いとこ）。高唐（こうとう）州知府。柴進とトラブルを起こして投獄し、救いに来た梁山泊軍と戦う。すぐれた妖術使いだが、公孫勝（こうそんしょう）の術に敗れる。

方臘（ほうろう）〈第七十二回〉

江南（こうなん）で発生した大反乱の指導者。宋江が討伐に向かい、激戦の末捕らえるが、その過程で多くの豪傑が命を落とす。配下に呂師嚢（りょしのう）・石宝（せきほう）・鄧元覚（とうげんかく）・龐万春（ほうばんしゅん）などがいる。

解説

一、『水滸伝』が生まれるまで

『水滸伝』は百八人の豪傑たちが腐敗した権力に反抗する物語です。前半では、さまざまな事情で堅気の世界にいられなくなった百八人の豪傑たちが梁山泊に集結する過程が描かれます。後半になると、百八人は罪を許されて官軍に編入され（「招安」といいます）、今度は政府の側に立って反乱者方臘と戦いますが、その中で多くの者が命を落として、集団は崩壊していくことになります。「四大奇書」の筆頭といわれる中国文学の古典なのですが、実は誰がいつ書いたのかはほとんどわかりません。

『水滸伝』のモデルになった集団は確かに実在しました。北宋の末期、徽宗皇帝（在位一一〇〇〜一一二五）の頃活動していた「宋江三十六」という盗賊団です。宋江と三十六人の仲間は各地を荒らし回るいわゆる流賊でした。後に投降して官軍になったといわれていて、当時の記録に官軍の将軍宋江の名も出てくるのですが、時間的につじつまの合わないところが多いので、東洋史の大家宮崎市定氏は「宋江は二人いた」、つまり賊の宋江と将軍の宋江は別人という説を唱えているぐらいです。要するに具体的なことはよくわかりません。ですから、『水滸伝』の内容は歴史的事実とはあまり関わりがないということになります。その点、基本的に歴史に忠実な『三国志演義』とは決定的に違います。

「水滸」は水のほとりという意味で、「水」というのは梁山泊のことです。梁山泊は山東半島の付け根あたりにあった巨大な沼沢で、南北三百里、東西百里（一里は六〇〇メートル弱）といいますから、琵琶湖の二倍ほどの大きさがあったことになります。しかし、絶えず洪水を繰り返す黄河の遊水池だったため、黄河の流れが変わると急速に縮小して、干拓されたこともあって今ではほとんど消滅してしまいました。史実では宋江たちは流賊だったのですが、梁山泊と何らかの関わりがあったようで、物語の中では梁山泊を根拠地とする定住山賊に変わっていきます。

宋江が活躍した直後の一一二七年に北宋は滅亡して、北の金と南の南宋が対立する南北朝体制になります。「宋江三十六」はすでに伝説的義賊になっていたようで、南北それぞれで梁山泊物語が発達していくのですが、梁山泊が身近にある北の金では、悪い権力者などに罪のない民が苦しめられていると、梁山泊から豪傑がやって来て助けてくれるというパターンの、イギリスのロビン・フッドなどと同じような物語が中心でした。一方、南の南宋では、領内にない梁山泊は夢の世界として巨大化していったようで、当時の芸能で語り演じられていたいろいろな物語を吸収しながら、多くの豪傑が梁山泊に集結して国家に反逆するという壮大な物語が形作られていったようです。

そうした物語の原型を伝えるのが『大宋宣和遺事』です。この本は、徽宗皇帝の一代記なのですが、歴史書や講談の種本などいろいろな素材をつなぎ合わせて作られていて、その中に古い形の梁山泊物語が見えるのです。その内容は、晁蓋たちが生辰綱（奸臣蔡京への誕生祝い）を強奪すること、宋江が晁蓋に急を知らせて救うこと、宋江が閻婆惜を殺すことなど、大まかには『水滸伝』と一致しています。ただ、宋江はその後すぐ梁山泊に上ることになっていて、『水滸伝』のようにあちこち移動していろいろな豪傑を仲間入りさせたりはしません。やがて三十六人がそろったところで、後に宋江たちは朝廷に帰順して反乱者方臘を討って功をあげたと述べてあっさり終わります。

内容から考えて、『大宋宣和遺事』の梁山泊物語は明らかに『水滸伝』の原型です。更に、南宋で演じられていた講談の題名を伝える羅燁の『酔翁談録』という本には、武芸者ジャンルの項目に「花和尚」「武行者」、武将ジャンルに「青面獣」があって、それぞれ魯智深・武松・楊志の物語だったものと思われます。『水滸伝』は、おそらくともに南宋の芸能で語り演じられていた『大宋宣和遺事』に見える生辰綱強奪を中心にする物語と、個別の豪傑を主人公とする物語とを組み合わせて作られたものと思われます。

一方、北方の金、そして一二三四年に金を滅ぼしたモンゴルの統治下においては、前にふれたように異なるパターンの梁山泊物語が広がっていました。その内容は元雑劇の梁山泊物から知ることができます。

金の末期からモンゴル支配の元の時期には雑劇が盛んでした。雑劇は、北曲と呼ばれる北方系の音楽に合わせて、主役一人が歌を唱うという特殊な形式の演劇です。全部で四折（「折」は幕と大体同じとお考えください）からなる比較的短いものですが、文字の形で残っているものとしては中国で最初、そして最高の演劇作品として広く知られています。その中に、梁山泊を題材としたものがいくつも存在するのです。ところがその内容は『水滸伝』とはほとんど関係がありません。なぜなのかについては第三部のコラム「元雑劇の梁山泊物」をご覧ください。

二、『水滸伝』の成立

『水滸伝』の作者とされるのは施耐庵（したいあん）という人物です。でもこの人については全く何もわかりません。ただ、ほぼすべての『水滸伝』に作者として施耐庵の名があげられているので、おそらくそういう名前の人物がいて、『水滸伝』と何らかの関わりを持っていたのだろうと推定される程度です。時期については元の終わりから明の初め、つまり十四世紀頃の人とされます。もう一人、羅貫中（らかんちゅう）も作者としてよく名が上げられて、二人の合作とする例もあります。羅貫中は『三国志演義』の作者とされる人で、こちらは確かに元末明初に実在していましたが、おそらく『三国志演義』が重要な作品であるために、いろいろな小説が羅貫中作とされる傾向があって、これも当てにはなりません。

つまり、『水滸伝』の成立事情は全くわからないといっていいのです。元末明初のころに施耐庵という人がいて、『水滸伝』の原型になる物語を書いたのかな?という程度のこととお考えください。ただ、ここまで読んでこられた方にはおわかりの通り、「作者」といっても近代文学の作家とは違って、芸能などで語られていた物語を組み合わせて再構成するのが役割でした。ですから、これも近代文学とは全く違って、文章や内容を書き換えるのも別にいけないこととは考えられていなかったのです。しかも『水滸伝』は白話(はくわ)小説です。ここで「白話」ということについてご説明しておかなければなりません。

今では普段話す言葉と文章に書く言葉はそれほどかけ離れたものではありません。私たちはそれが当たり前と思っていますが、昔はそうではなかったのです。日本でも江戸時代までは、公式の書き言葉は漢文、つまり古代中国語でしたし、日常的に使う書き言葉も和漢混淆(こんこう)文の類、上品な場合には『源氏物語』のような平安時代に固定した和文でした。ヨーロッパではルネサンスまではラテン語です。中国では、漢(かん)の時代の言葉を基本にした「文言」と呼ばれる文体がずっと使われてきました。日本で「漢文」と呼ぶものですね。

しかし、元や明の人が普段話していた言葉は、もう今の中国語に近いものになっていました。たとえば「あなた」は「汝」などではなくて「你」といった具合です。でも書き言葉は文言と決まっていて、話し言葉を文字にすることは原則としてありませんでした。ところが元の頃から、話し言葉のパターンで文章を書くということが起きてきます。そういう話し言葉の語彙と文法を使う文を「白話文」と呼びます。でも知識人はやはり文言を使います。そして中国は、科挙という試験によって、生まれに関わりなく知識のある人を選抜してその人たちが政治を行うという制度を早くから実施していた国ですから、知識人が重んじないものは軽視されます。口で語られる芸能から生まれた『水滸伝』は、文体も講談師がお客さんに語るスタイルを取っていますので、白話で書かれています。ですから、元から明に掛けての頃には軽く見られていて、書き換えも好きにできたわけです。

そういうわけで、仮に元末明初に施耐庵という人物が実在して『水滸伝』という作品をまとめたというのが事実だったとしても、それは今読むことができる『水滸伝』とはおそらく違ったものでした。では、今の『水滸伝』はいつできたのでしょうか。

記録に残る一番古い『水滸伝』の刊本は郭武定本というもので、明の嘉靖年間（一五二二～一五六六）の初め頃、首都北京駐屯軍の司令官だった武定侯郭勛が刊行したものです。郭武定本自体は残っていませんが、今の『水滸伝』の形はこの時にできたものと思われます。では郭勛はなぜ『水滸伝』を刊行したのでしょうか（郭勛についての記述は「武定侯郭勛による『三国志演義』・『水滸伝』私刻の意図」（『日本中国学会報』第七十一集）など井口千雪氏の一連の研究に基づいています）。

郭勛は明建国の功臣郭英の子孫です。明の建国者である太祖朱元璋は功臣のほとんどを粛清してしまったことで有名ですが、郭英はおそらく朱元璋の家と通婚関係にある身内だったおかげで免れることができて、以後も郭氏一族は明の皇室とは密接な関係にありました。嘉靖帝は先代の正徳帝に子がなかったため、傍系から入って即位した人で、その際当時の大物武官だった郭勛は大いに力を尽くしました。まだ少年だった嘉靖帝にとって、郭勛は頼りになる親戚のおじさんという位置づけだったのでしょう。中国では文官優位が大原則で、軍事行動に当たっては総司令官には文官が任命されて、功績があれば文官のもの、失敗があれば武官の責任になりがちでした。帝の絶大な信頼を得た郭勛は、かねての念願だった武官の地位向上を図ってさまざまな運動を繰り広げますが、最後には文官の激しい攻撃にあって失脚、獄中で死ぬことになります。

郭勛は文学好きで白楽天(はくらくてん)の詩文集なども刊行した人で、『三国志演義』も刊行しています。『三国志演義』の敵役曹操(そうそう)は詩を詠む知識人、主役の劉備(りゅうび)・関羽(かんう)・張飛(ちょうひ)は武人です。『水滸伝』にはあちこちに強烈な文官批判があります。郭勛は『三国志演義』と『水滸伝』を刊行して、皇帝やその周辺の人々、関係のある文官・武官に配ったようです。目的は武官の地位向上と、文官批判でしょう。郭勛の目的は達成されなかったかもしれませんが、こうして『水滸伝』が知識人の手に渡ったことは大きな結果をもたらしました。

三、どのように読まれていったのか

『水滸伝』は、一部の知識人に大きなショックを与えました。なぜなら、そこにはそれまでの中国の文献には書かれたことがなかった事柄が、細部まで手に取るように生き生きと描かれていたからです。それまで中国ではおびただしい量の書物が作られてきましたが、たとえば飲み屋・肉屋や庶民の家の中はどんな様子か、そこではどんな会話が繰り広げられているのか、店員と客はどんなやりとりをするのか、ヤクザはどんな口調でけんかをするのかといった事柄は、ほとんど文字の形で表現されることがなかったのです。そもそも知識人が上品な事を書くために存在する文言は、そういう下賤な事柄を書くようにはできていません。日常の言語に基づく白話だからこそ、日常の事柄を書くことができるのです。

でもたとえば宋代だったら、知識人が庶民生活の実態にそれほどの関心を持つことはなかったでしょう。一部の知識人が真剣に『水滸伝』に向かい合ったことには理由があります。当時、王守仁（一四七二〜一五二九。号は陽明）に始まる陽明学が非常に流行していました。陽明学においては、利害得失にかかわらず自分が正しいと信じることを実行することが重要視され、陽明学の過激派は、人間性は知識教養とは無縁であり、真実なる無教養な人間の方が、虚飾に満ちた教養のある人間より上だと主張するに至りました。この考えに従えば、『水滸伝』の豪傑、魯智深のような人間こそ一つの理想像になります。そうした考えを持つ知識人たちの間で『水滸伝』はバイブルのように受け止められるようになってきました。だから文官批判を含む『水滸伝』が文官に受容されることにもなるわけです。

知識人たちの間で広く読まれるようになると、上流階級向けの本が刊行されるようになります。始めから終わりまで欠けたところのない現存最古の版本とされる容与堂(ようよどう)本は、そうした方向に沿って杭(こう)州で刊行されたもので、小説本文にぴったり一致する見事な挿画がついた高級本です。更に容与堂本には「李卓吾批評(りたくごひひょう)」がついています。「批評」というのは、一種の読み方指南で、ここはいいとか、ここはよくないとかいったことをお節介に教えてくれるほか、いろいろな感想や意見も書き込んであってなかなか面白いものです。この頃、附加価値をつけるために、本にいろいろな附録をつけることが流行しましたが、批評は挿画と並んでその代表的なものです。李卓吾は陽明学過激派の代表というべき思想家で、教育などに汚される前の童子の心こそ最高だという「童心説」を唱えて一世を風靡した当時のベストセラー作家でした。李卓吾が『水滸伝』を好んだのは事実ですが、この批評は他の人が李卓吾の名前をかたって書いたものだといわれています。

『水滸伝』が売れるとなると、出版競争が起こるのは当然のことです。やがて挿画や批評では手ぬるいということで、元来なかったものを附け加えるというとんでもない奇策に出る本が登場します。それが百二十回本です。

「回」というのは、普通の本の「章」に当たるものですが、『水滸伝』は講談師の語りの再現という体裁を取っていますので、百回にわたる続き物の語りという形で、毎回の終わりは「さてどうなることか、まずは次回をお聴きください」で終わります（いつからこういう形式になっているのかはよくわかりません。『水滸伝』以外の長篇白話小説もこの体裁を取るものが多いのですが、どれが最初かは今後解明しなければならない問題です）。容与堂本などは百回からなっているのですが（一口に百回本といっても実は三系統ぐらいに分かれます）、百二十回本は新たに二十回、宋江たちが官軍になって敵国遼（りょう）を破った後に田虎（でんこ）と王慶（おうけい）という二人の反乱者を討伐する物語を加えたものです。施耐庵の『水滸伝』は本来こうだったと自称していますが、もちろん嘘です。ただ、追加部分はこの時にゼロからでっちあげられたものではありません。

知識人が『水滸伝』を読むようになったと言いましたが、実は大衆向けの『水滸伝』も刊行され続けていました。でも『水滸伝』はあまりに分量が多いので、そうした本では文章が大幅に簡略化されていたのです。今の子供向けにリライトされた古典の名作のような感じですね。専門用語では、簡略化されたものを「簡本」、されていないものを「繁本」と呼びます。簡本を刊行していたのは福建省建陽の出版社です。建陽は中国、というより世界の商業出版発祥の地で、宋代以来品質はよくないけれども値段の安い書物を大量生産してきました。ここで『水滸伝』は、毎ページ上部の三分の一ほどは小さい挿画という「上図下文形式」の簡本として刊行されたのです。ところが面白いことに、建陽の出版社は分量を減らすために文章を簡略化しておきながら、内容にバラエティを与えて他と差別化しようとしたらしく、田虎と王慶の話を追加したのです。百二十回本の追加部分は、簡本のこの部分を拝借して水増ししたものでした。

こうして売れ筋商品になった『水滸伝』をめぐって、出版社間で仁義なき戦いが繰り広げられる中に、突然全く新しいタイプの人物が登場します。金聖歎（一六〇八〜一六六一）です。彼は中国文学の最高峰は六つの「才子の書」だとしました。一つ目が『荘子』、二つ目が「離騒」（『楚辞』の一篇）、三つ目が『史記』、四つ目が杜甫の詩、ここまではそれほど変でもありませんが、それに続けて五つ目に『水滸伝』、六つ目に『西廂記(せいしょうき)』(元代の戯曲。中国の恋愛劇の代表)をあげたのです。今の目から見ると別段不思議にも思えませんが、実はこれは当時としては破天荒なことでした。『水滸伝』と『西廂記』は、知識人からは下に見られる白話文学だったからです。

金聖歎はこの「六才子書」のすべてに詳しい批評をつけて刊行することを計画したのですが(これが出版社とタイアップした企画だったことはいうまでもありません)、元来明の愛国者だった彼は、明に取って代わった満洲(まんしゅう)族の清に反抗した嫌疑で処刑されてしまって、結局『水滸伝』と『西廂記』の批評しか完成させることができませんでした。しかし、この『第五才子書施耐庵水滸伝』は、中国のみならず日本にも絶大なる影響を及ぼすことになります。金聖歎は「これが施耐庵の原本だ」と称して、自分が全面的に書き換えた『水滸伝』を刊行したのです。

金聖歎は、まず百回本・百二十回本の正式な題名『忠義水滸伝』から「忠義」の二字を削り、更に底本に使用した百二十回本から後半の四十九回を削除して、第七十一回、百八人が勢揃いするところでおしまいにしてしまった上で、その後に副頭目の盧(ろ)

俊義（しゅんぎ）が、百八人全員が斬首される悪夢を見るという独自のエピローグを附け加えています。ただ七十一回というのはいかにも切りが悪いので、第一回を「楔子（プロローグ）」として、以下一回ずつずらして全部で七十回の形に整えました。ですから、金聖歎本のことを七十回本とも呼びます。

また、本文にも大きく手が入れられました。元来の『水滸伝』の本文は、講談を語る時のパターンに従って、あちこちに詩や対句を組み合わせた美文などがたくさん挿入されていたのですが、金聖歎はそれらをすべて削除して、作中人物が実際に作る詩しか残しませんでした。ミュージカルで必要なしに唱（うた）ったり踊ったりする場面を全部なくして、実際に歌を唱う場面だけを残すようなものですね。不必要に入っている詩や美文を排除すると、物語の展開だけになって、すっきり読みやすくなります。これは白話小説から芸能の名残を排除して、「小説」という新しいジャンルを自立させるものでした。

ではなぜ金聖歎は後半を削除してしまったのでしょうか。一つには後半はあまり面白くないので、分量を減らすために削った方が値段を下げられるという商業上の理由があったのでしょう。金聖歎は大量の批評もつけましたから、あまりに分量が増えるのは望ましくなかったはずです。でも「忠義」の削除とあわせると別の理由も見えてきます。金聖歎は明の愛国者でした。そして明を滅亡へと追い込んだのは李自成・張献忠といった反乱者たちだったのです。李自成たちは官軍に追い詰められると、投降するといって時間を稼いで、態勢を立て直すとまた反逆することを繰り返しました。これを見ていた金聖歎にとって、宋江たちが招安を受けて官軍になるという展開は許せなかったのでしょう。そこで金聖歎はあんなものは忠義ではないとして「忠義」を削除し、宋江たちが官軍になる展開を削除したのです。

金聖歎は内容も大幅に書き換えました。彼は宋江を憎んでいましたから、宋江が偽善者になるように書き換えを施した上に、その他の部分にも読者が宋江を偽善者と思い込む方向へと誘導する批評をつけました。そのほか、金聖歎はいろいろな小説技法を考え出して、『水滸伝』の本文を自分の理論に合うように書き換えていきました。たとえば視点人物の特定です。この場面はこの人物の目を通して描かれていると特定して、その理論に合わない部分は書き換えてしまい、批評で「俗本はこうなっているが誤り」と決めつけるのです。明らかにやり過ぎですが、彼が見出したさまざまな技法の多くは近代小説に通じるすぐれたもので、後世の『紅楼夢』『儒林外史』、更には日本の曲亭馬琴(きょくていばきん)などにも大きな影響を与えました。

金聖歎本の影響は絶大なもので、清代の中期以降になると中国で読まれる『水滸伝』は金聖歎本ばかりになって、それ以前の『水滸伝』は日本で読まれるばかりという不思議なことになっていきます。もっとも、日本の方では百二十回本こそ本来の『水滸伝』だという誤った考えが一般化していました。二十世紀になって、学者・思想家として名高い胡適(こせき)が日本では百二十回本が広まっていることに気がついて、中国でも百二十回本、更には百回本が再び知られるようになっていったのです。

今回は容与堂本をもとにして物語の内容をご紹介しながら、代表的な豪傑のキャラクターがどのように個性的に描かれているかがわかるさわりの部分を、原文訳の形でご紹介していきたいと思います。『水滸伝』の特徴と面白さ、そしてそこに込められた『水滸伝』を作り上げていった人々の思いを、そこから、感じ取っていただけたらと思います。

それではいよいよ『水滸伝』の物語に入っていきましょう。

何しろ長大な作品ですから、だらだらと紹介していったのでは内容をつかみにくなってしまいます。そこでこの本では、三つの部分に分けてご紹介しようと思います。

第一回から第四十回までは、豪傑たちが梁山泊に集まるまでを描いています。これを第一部とします。第四十一回から第七十一回までは、梁山泊がまとまった組織として確立した後、敵対勢力と戦いながら更にメンバーを増やしていく過程を描きます。これを第二部とします。第七十二回から第百回までは、梁山泊が招安を受けて、官軍の一員として敵国遼を打ち負かした後、反乱者方臘と戦ってどんどんメンバーを失った末に、宋江が毒殺されるまでを描きます。これを第三部とします。

それでは、第一部「豪傑たちの物語」から見ていきましょう。

第一部　豪傑たちの物語

『水滸伝』の最初には「引首」があります。これはプロローグに当たるもので、宋王朝の成立から物語が始まるまでを簡単に述べています。梁山泊の物語を語る上ではほとんど必要のないもので、実際この部分がない版本もありますが、中国の物語は歴史語りから始まるという伝統があるのでついているのでしょう。続く第一回がお話の始まりです。

第一回　伏魔殿

時は北宋の第四代仁宗皇帝の嘉祐四年（一〇五九）、天下に疫病が大流行する。仁宗は疫病退散の祈禱をしてもらうため、太尉（武官の最高位を示す肩書き）の洪信を江西龍虎山の道教の一派正一教の教主で、超能力を持っていると信じられていた張天師のもとに派遣した。威張り屋の洪信があたふたしてる間に、天師は鶴に乗って都に行ってしまうが、曲がりなりにも任務を完了した洪信は、龍虎山を見物するうちに伏魔殿という建物に行き当たる。魔王が閉じ込められていると聞いた洪信は、魔王を見たいという気を起こし、嫌がる道士たちを脅して無理矢理開けさせると、深い穴の底から黒気が屋根を突き破って飛びだしていく。仰天した洪信があれはどういう魔王だと聞くと……「さていったい龍虎山の道士は何を言ったのでしょうか。まずは次回をお聞き下さい」。

解説でも述べたように、『水滸伝』は講談の語りを真似た形を取っていますので、毎回こういった終わり方をして読者に気を持たせるようになっているのです。第二回のはじめで、逃げたのは天罡星三十六人、地煞星七十二人の魔王だと明かされて、お話は先に進んでいくことになります。この回は本筋とは別に関係なく、おそらく全体のプロローグとして後から加えられたものでしょう。とはいえ、「伏魔殿」という名称のインパクトは強烈で、日中双方で現在に至るまで使われることになります。この世の人間を天界の星の生まれ変わりとする発想は、中国白話文学には広く見られるものです。

第二回　高俅～王進～史進

第二回になると、時代が徽宗皇帝即位（一一〇〇）直前に飛んで、いよいよ話は本筋に入ります。まず登場するのは高俅です。彼は軍隊を権力者の私的流用に供してガタガタにしてしまって、北宋の滅亡の原因を作った実在の人物です。『水滸伝』最大の悪役なのですが、この人から始まるのは面白いところですね。

街のチンピラだった高俅は、蹴鞠が上手なのが気に入られて即位前の徽宗の側近に収まり、即位後にはあっという間に禁軍（正規軍）の総司令官になってしまう。着任した高俅は、かつて禁軍槍棒術師範の王進の父と試合をして叩きのめされたのを根に持って王進を陥れようとするので、王進は母を連れて逃走、陝西華陰県で世話になった屋敷で、勝負を挑んできた主人の息子史進を降して弟子にする。武芸十八般ことごとく史進に授けた王進は、辺境延安の种司令官のもとに身を寄せると言って立ち去る。近くの少華山の山賊朱武・陳達・楊春が周辺を荒らし回っていると聞いた史進は、村人を集めて自警団を組織し、襲ってきた陳達を生け捕りにするが、朱武と楊春が死ぬなら一緒と約束したと言って自分から捕まりにきたのに感動して、陳達を釈放して三人と交際するようになる。中秋の名月の日、史進は三人を招待するが、これを知った猟師の密告で警察隊が押し寄せてくる。

物語は王進から始まるのですが、彼は退場すると二度と出てきません。『水滸伝』のはじめの方は、独立した物語がつながってできる形を取っていて、環がつながって鎖になるようなので「連環体」と呼びます。王進はその極端な例ということになります。清の呉敬梓の有名な小説『儒林外史』はこの技法を受け継いで更に発展させたものです。

第三〜六回　魯智深物語

警察隊を蹴散らした史進たちは少華山に上る。史進は、このままここで一緒に山賊になれと引き止める朱武たちを振り切り、王進を頼ろうと旅に出て渭州まで来る。ここに种司令官がいるというので、喫茶店で入ってきた魯達という将校にたずねると、ここにいるのは小种司令官で、その父の老种司令官が延安にいるので、王進が身を寄せたのはそちらだろうとのこと。史進を豪傑と見て気に入った魯達は、一杯やろうと出かける途中で、武芸を見せて膏薬を売っている史進の昔の師匠李忠に出会って、三人で飲み屋に上がる。

すると、隣から泣き声が聞こえて、せっかくの気分がぶち壊しだと怒る魯達の前にあやまりに出たのは小唄唄いの金翠蓮とその父。聞けば鎮関西（関西のボス）こと肉屋の鄭が、金翠蓮を妾に買っておきながら、金は払わずにおいて、妾にするのはやめたから払ってもいない金を返せと無理無体を言っていじめるので泣いていたとのこと。カンカンに怒った魯達は、鄭をなぐり殺しに行こうとして史進と李忠に止められると、金翠蓮親子に金を渡して「故郷に帰れ、後はおれに任せろ」と言って帰るが、腹立ちのあまり晩飯も食べずに寝てしまう。

ここまでが第三回の前半になりますが、すでに魯達、後の魯智深の性格がくっきり描き出されています。相手が豪傑と見るとすぐに仲良くなろうとすること、短気ですぐ怒ること、不正を見ると我慢できず後先考えずに行動すること、そこからは乱暴者で短気だが、とても温かい心を持ったまっすぐな人間の姿が浮かび上がってきます。特に、金翠蓮が不正な目にあったことは魯達には何の関わりもないのに、怒りのあまり晩飯も食えないこと（彼が食いしん坊なのはこの後たっぷり描かれます）にご注目ください。彼の怒りは自分の利害とは何の関わりもなく、とにかく力を持つ者の弱い者いじめが許せないのです。この後はいよいよ有名な「三拳打鎮関西」のくだりになります。続きを簡単にご紹介してから、原文を味わってみましょう。

翌朝早く、魯達は金親子の泊まっている宿屋に行くと、邪魔する番頭をなぐって二人を逃がす。その後鄭の肉屋に行って、司令官からの命令だと言って赤身を十斤（六キロ弱）、鄭自身にミンチに刻ませる。できあがると今度は脂身を十斤ミンチに。

続くだりは原文を見ましょう。「鄭屠」は肉屋の鄭ということ、「提轄」は魯達の肩書きです。

鄭屠が「人をやって提轄様のかわりにお屋敷まで届けさせましょう」と言えば、魯達、「あとは小さい骨の軟骨を十斤、やっぱり細かくミンチに刻め。ちょっとでも肉がまざってはならんぞ」。鄭屠笑って、「もしかしてわざわざ私をなぶりにいらっしゃったんで?」魯達は聞くなり躍り上がって、二包みのミンチを手に持つと、目をむいて鄭屠を見ながら、「わしはわざわざおまえをなぶりに来たのさ」と言うと、二包みのミンチを真っ向から叩きつけます。その様さながら肉の雨の降るが如し。

鄭屠は激怒して、一筋の怒りは足の裏から脳天までまっしぐらに衝き上げ、心の内なる無明の業火はめらめらと抑えることもできぬまま、まな板の上から骨取り用の包丁をひったくると、トンと飛び出してまいります。魯提轄はとうに早足で通りの真ん中に出ておりました。ご近所の衆や十人ほどの店員も、前に出てなだめる勇気のある者はおりません。両側を通りかかった人もみんな足を止めて、金親子のことを知らせに来た番頭までもびっくりして呆然自失の態です。

鄭屠は右手に包丁を持って、左手で魯達を捕まえようとしましたが、魯提轄はその動きに乗じて左手を押さえつけると、素早く踏み込んで下腹をただの一蹴り、通りの真ん中にどんと蹴倒しました。魯達は更に一歩踏み込むと、胸を踏みつけて、かの酢鉢ほどもある拳を振り上げたままで、鄭屠を見ながら申します。「わしが老种司令官様のもとで関西の見回り官にでもなったら、鎮関西と呼ぶのもふさわしかろうが、おまえは肉屋の分際で、それでも鎮関西(ぜい)と呼べってか？　何で金翠蓮(きんすいれん)をだました」。

ポカリとただの一打ち、ちょうど鼻の上をなぐりますと、打たれて鮮血ほとばしり、鼻は向こうにひん曲がってしまいました。さながら味噌屋(みそや)の店開き、しょっぱいのや、すっぱいのや、からいのやが、全部一度にあふれ出ます。鄭屠(ていと)はもがいても起きられず、包丁(ほうちょう)も向こうに飛んでいってしまっていますので、「よくもなぐりやがったな」とわめくばかり。

魯達(ろたつ)、「くそったれが、まだ口答えしおるか」と罵(ののし)ると、拳(こぶし)を振り上げて、目じりのあたり、眉(まゆ)の端にただの一打ち、打たれて目じりが裂(さ)けて目玉が飛び出しました。さながら布地屋(ぬのじや)の店開き、紅(あか)いのや、黒いのや、赤黒いのやが全部あふれ出ます。側(そば)で見ていた人たちは、魯提轄(ろていかつ)が怖いものですから、誰も前に出て止めようとしません。鄭屠(ていと)は耐えきれずに許してくださいと申します。

魯達(ろたつ)どなって、「ちっ、このごろつきめが、もしおれととことんやり合うってんなら許してもやろうが、何で許してくれなんて言うんだ。それじゃあわしもおまえを許すわけにはいかんな」とまた一発、こめかみの下の急所にまともに命中しました。さながらお寺をあげての法事、磬やら、鈸やら、鐃やらが一斉に響きます。

魯達が見れば、鄭屠は地面にのびて、出る息はあれど入る息はなく、身動きもならぬ様子。魯提轄はわざと、「この野郎死んだ真似しやがって。もっとぶんなぐってやる」と言いましたが、顔色がだんだん変わってまいりました。魯達が考えますに、「こいつを思いきりぶんなぐってこらしめてやるだけのつもりだったのに、三発でほんとになぐり殺しちまった。裁判沙汰に

魯提轄拳打鎮關西

> なっちまうぞ。飯を届けてくれる人もいないし、とっととずらかった方がいい」。急ぎ足で離れると、振り向いて鄭屠の死体を指さしながら、「きさま死んだふりしやがって。ゆっくりけりをつけてやるからな」。罵りながら、大股に立ち去りました。

人殺しを描きながら、陰惨なところは全くなくて、むしろ乾いたユーモアが基調になっています。なぐられるたびに出てくる珍妙な比喩はブラックユーモアといっていいでしょう。

この種の悪ふざけともいえるような独特のユーモラスな語り口は『水滸伝』全体に共通するものです。そこから魯達の人物像が鮮やかに浮かび上がってきます。長時間掛けてミンチを刻ませるのは、老人と足弱の金親子が遠くまで逃げられるように時間稼ぎをしながら、鄭を疲れさせ、ストレスを溜めることによって冷静さを失わせることを狙っているのでしょう。ここから魯達がただの猪武者ではなく、知恵をめぐらせることもわきまえていること、人のためなら（自分のためにはあまり考えません）よく配慮してとことん尽くそうとすることが見て取れます。一方でそのやり方の珍妙さからは人を食ったユーモラスな人柄がわかりますし、元来殺意がなかったことからは彼が不必要な人殺しをするような人間ではないことも読み取れます。

このように、ある人物の行動を細かい所まで描くことによってその人の性格を描き出していくのが『水滸伝』の特徴なのです。なお、「裁判沙汰になったら飯を届けてくれる人がいない」というのは、中国の牢屋では食事は出ないので、外から届けねばならなかったからです。魯達は食いしん坊なので、それがまず頭に浮かぶのですね。同時に魯達が天涯孤独の身なのもわかります。

指名手配された魯達は北辺の雁門県まで逃げて、自分の指名手配書を見ていると誰かに引っ張られる。（第三回）

実は引っ張ったのは金翠蓮の父で、金翠蓮はここまで逃げてきて趙員外（員外というのはお金持ちのこと）の妾に収まっていたのである。趙員外は魯達を助けるために、近くにある文殊菩薩の聖地五台山で魯達を出家させることにする。

西洋にはアジールという考えがあって、教会に逃げ込めば警察権力も手出しできないという掟がある地域がありました。中国についてはよくわからないのですが、この物語を読むと、やはり寺院は一種のアジールだったようです。

五台山の智真長老は、魯達は真の悟りを開くことのできる人間だと見抜いて、皆の反対を押し切って受け入れると、智深という法名を与えて魯智深と名乗らせる。しかし彼はまるで戒律を守ろうとせず、二度にわたって酒に酔って暴れた末に、仁王様を破壊して寺を大混乱に陥れる。さすがの智真長老もかばいきれなくなって、魯智深を首都開封の相国寺にやることにする。（第四回）

相国寺に向かう道中のある日、日が暮れてしまったので、魯智深は劉太公（太公は老人のこと）のところで宿を借りる。桃花山の山賊が太公の娘を無理矢理嫁取りにくると聞いた魯智深は、自分の説法で改心させてやると請け合って花嫁の代わりに寝室に入っておいて、やって来た山賊の二の頭領をなぐる。逃げ帰った二の頭領から話を聞いて仕返しに来た一の頭領と向かい合うと、何と一の頭領は李忠であった。李忠は魯智深を桃花山に迎えて二の頭領の周通と和解させるが、二人がけちくさいのを見た魯達は、財宝を奪って桃花山から逃げていく。（第五回）

旅の途中で腹をすかせた魯智深は近くにあった瓦罐寺を頼って行くが、この寺は崔道成という悪い僧と丘小乙という道人（僧侶見習い）に食い物にされて荒廃していた。魯智深は二人と戦うが、腹が減って力が出ない。赤松の林に逃げ込んだ魯智深はそこで追い剝ぎをしていた史進と再会、たらふく食べて元気を回復した魯智深は、史進と二人で崔道成と丘小乙を倒すと、寺を焼いて立ち去る。史進と別れた魯智深は相国寺に着くが、智清長老をはじめとする相国寺の僧侶たちは魯智深が粗暴で無礼なのを見て、厄介払いのために菜園の管理役

を押しつける。菜園を食い物にしていたごろつきどもは、魯智深を肥だめに落とそうとするが……。（第六回）

ここまでが魯智深の物語になります。乱暴でちょっとおっちょこちょいだが、無益な人殺しはせず、純粋で温かい心を持つという彼の性格は一貫して変わりません。智清以下の相国寺の僧侶たちのような俗物たちが魯智深を笑い物にする場面は、『水滸伝』がこうして社会から排除されていく純粋な人々の物語であることを示しているようです。

第七回から主役は林冲に移ります。

第七〜十一回　林冲物語

魯智深は逆にごろつきどもを肥だめにたたき込んで子分にする。子分たちの前で六十二斤（約三七キロ）の錫杖を使って見せていると、禁軍槍棒術師範の林冲が外から「まことに見事な腕前」と声を掛ける。意気投合した二人が飲んでいるところに、林冲の家の小間使が「奥様が若い男にからまれています」と報せるので、飛んでいった林冲がその男をなぐろうとして見れば、直属上司高俅の養子高衙内（「衙内」は若様のこと）だったので手出しできなくなる。

高衙内は林冲の妻を忘れられず、幇間の富安の知恵で林冲の親友陸謙を抱き込んで、陸謙に林冲を誘い出させておいて、その隙に林冲の妻を手込めにしようとするが、気づいた林冲に踏み込まれて失敗する。林冲は街で知らない男から名剣を買うが、高俅から使いが来て見せてほしいというので、その剣を持って案内された場所に入ってみれば、そこは白虎節堂という機密の建物で、たち

まち林冲は逮捕されてしまう。実はこれは息子の恋わずらいを心配した高俅のために陸謙が考えた罠であった。（第七回）

高俅は林冲が自分を暗殺に来たと決めつけて、開封府尹（町奉行）のもとに送って死刑判決を出させようとするが、正義感の強い胥吏が府尹を動かしたおかげで滄州への流罪ですむ。出発に当たって、林冲は妻に離縁状を渡して再婚自由と申し渡すので、悲しみのあまり妻は失神する。滄州までの護送役董超・薛覇のもとに陸謙が現れて、金を渡して道中で林冲を殺すよう依頼、林冲は熱湯に脚を突っ込まれるなどのいじめを受けた末に、野猪林という松林の中で木に縛り付けられる。薛覇は「来年の今日がおまえの命日だ」と言いつつ棒を振り上げるが……。（第八回）

ここで胥吏が林冲を助けてくれることにご注目ください。中国では「官」と「吏」は別物で、「官」は科挙などにより任用された官僚、「吏」は元来労役の一環として地元で採用された下僚です。府・州・県（中国では県は日本の市町村に当たる末端の単位です）にいる官の数は少なくて、実務は胥吏が担当しています。それで、中国の政治を悪くするのは胥吏で、官がいくら清廉でも胥吏によって政治が腐敗するといわれがちなのですが、それは歴史記録を残す官の立場にある知識人の言い草で、胥吏には胥吏の言い分があります。胥吏の宋江を大頭目とする『水滸伝』は、胥吏、更には魯達や林冲のような武官たちのために、彼らの主張を展開する物語なのです。

その瞬間、飛んできた錫杖が薛覇の棒を吹き飛ばす。林冲の身を案じてつけてきていた魯智深のしわざであった。魯智深は董超・薛覇を殺そうとするが、この者たちは高俅の命令に従っただけだという林冲の言葉を聞いて許す。魯智深は滄州の近くまで同行した上で立ち去る。林冲たちは後周の皇帝の子孫（後周は宋の前の王朝で、宋に帝位を譲ったとしてその子孫は宋王朝から優遇されていた）柴進が豪傑たちを優遇していると聞いて身を寄せる。名高い林冲が来たと喜んだ柴進は大歓迎するが、柴進の武芸の師匠洪教頭は林冲を軽んじるので、

二 柴進は二人に立ち合いを所望する。

ここは原文を引いてみましょう。

もう六、七杯酒を飲んだところで、早くも月が上ってまいりまして、広間の中を真昼のように照らしました。柴進が立ち上がって申します。「教頭お二方、棒にて一勝負」。林冲が一人腹の中で考えますには、「この洪教頭は柴の殿様の師匠に違いない。うっかり一撃で倒してしまったりしたらまずかろう」。柴進は林冲がためらっているのを見て、すかさず申します。「こちらの洪教頭殿も当地に来られてからいかほどもたちませぬが、ここには相手になる者とておりません。林武師殿、ご辞退なさいますな。わたくしも教頭お二方の腕を見たいのです」。柴進がこう申しましたのは、実は林冲が柴進の面子を潰してはいけないと考えて、本領を発揮しないのではないかと心配したからでした。林冲は柴進が本心を明かすのを見て、やっと安心いたしました。

洪教頭は先に立ち上がって申します。「さあさあさあ、おぬしと棒で一勝負だ」。皆でそろってにぎやかに建物の裏の空き地に出ますと、作男が棒を一束持ってきて地面に置きました。洪教頭は先に服を脱ぐと、裾をからげて棒を抜き取り、構えて「さあさあさあ」となります。柴進、「林武師殿、

棒にて一勝負願います」。林冲、「殿様、お笑い召されませぬよう」。地面からやはり一本棒を取り上げると、「お師匠様、ご教示を」。洪教頭はこれを見て林冲を一呑みにせんばかり。林冲は棒を持って、山東大擂の構え

で打ち込みます。洪教頭は棒を地面から鞭のようにしならせて林冲めがけて突っ込んでまいります。

ここで林冲が飛び退いて「私の負けです」と言うので理由を聞くと、「首枷をつけたままでは勝てません」との返事。柴進は董超・薛覇に金をやって外させると、大きな銀を持ち出して勝った方に与えると宣言します。

洪教頭は深く林冲を嫌っております上に、この大きな銀も手に入れたい、更には気勢をくじかれるのもまずいと、気合いを入れて棒を構えますと、掛けます技は、名付けて「火もて天を焼くの勢」。林冲、「柴の殿様はどうでもおれにあいつに勝ってもらいたいというお心だ」と考えて、やはり棒を横ざまにしつつ、構えて技を掛けますのは、名付けて「草を払って蛇を求めるの勢」。洪教頭は一声、「さあさあさあ」とどなると、そのまま棒を上から打ち下ろしてまいります。林冲が後ろへさっと退きますと、洪教頭は一歩付け入

> って、棒を振り上げるや更に一撃打ち下しましたが、林冲は相手の足取りが乱れたのを見て取って、棒を地面から跳ね上げれば、洪教頭は防ぎの手を使う間もあらばこそ、体をひねってよけようとしたものの、かの棒はまっすぐ洪教頭のすねの骨を払いましたので、棒を放り出してばったり倒れます。

ここも林冲の性格描写になっている点にご注意ください。林冲は魯智深とは対照的に、人からどう思われるかを気に掛けるごく常識的な人間です。妻に手出ししようとした男が上役の息子だとわかった途端に尻込みすることからも、それがわかります。こういう小心で善良な人間が、全く理不尽に無実の罪に落とされるところに『水滸伝』が描く現実の闇の深さと悲劇性があるのですが、それにしても林冲はなぜこんな豪傑らしからぬ性格なのでしょうか。これについては後ほどお話ししましょう。

林冲は柴進から銀と紹介状をもらって滄州の牢城（宋代の流刑人は、非正規軍の廂軍に配属されるという形で各地の牢城と呼ばれる場所において労役に服した）

に到着する。柴進からの手紙と銀を渡すと看守長の態度は一変、楽な役に当てもらえる。（第九回）

林冲は以前に開封の都で助けてやったことのある李小二と再会、今は滄州で飲み屋をしている李小二夫婦に世話を焼いてもらうようになる。ある日李小二の店に怪しい二人組が現れ、刑務所長と看守長を呼んで密談する。高俅の名が出て金のやりとりがあったのを見た李小二夫婦からこのことを知らされた林冲は、陸謙だろうと探すが見つからぬうち、所長からまぐさ置き場（軍馬の飼料を集積・保管する場所）勤務を命じられる。雪の中赴任したものの、寒さに堪えかねて酒を買いに行って戻ってみると、まぐさ置き場の小屋は雪につぶされていたので、近くの山神を祀る廟に避難する。まぐさ置き場が燃える音が聞こえるので外の様子を探ると、陸謙・富安・看守長の三人が林冲を焼き殺したと話す声。激怒した林冲は三人を殺して雪の中を逃亡する。夜番をする百姓たちに出会った林冲は酒をねだるが、断られて百姓たちを追い散らし、酔い潰れ

て倒れたところを戻ってきた百姓たちに捕らえられてしまう。（第十回）

武芸にすぐれた善良な武士が、妻が美人だったために上司に陥れられ、最後に堪忍袋の緒が切れて悪者どもを叩き斬る、というのは一昔前の時代劇の黄金パターンですが、林冲物語がその原型なのは明らかですね。『水滸伝』は日本にさまざまな影響を与えているのです。でもこの物語はひたすら悲劇的で、『水滸伝』の他の部分とは毛色が違います。それに農民から酒を奪って、酔い潰れて倒れるというのは林冲らしくありませんね。なぜなのでしょう。

百姓たちは柴進の小作人だった。柴進は林冲を救うと、梁山泊に身を寄せるよう勧め、狩の一行にまぎれ込ませて林冲を脱出させる。梁山泊近くの飲み屋にたどり着いた林冲は、そこで耳目役（獲物が来ないか見張ったり、情報を集めたりする仕事の担当者）をつとめる朱貴に出会って梁山泊に連れて行ってもらうが、落第書生あがりの大頭目王倫は、自分より能力のある林冲がいては地位

が危ないと考えて受入を拒否する。しかし朱貴と第二・第三の頭目杜遷・宋万が諫めるので、三日の中に人を殺して首を持ってきたら仲間入りを認めることになる。ふもとで旅人を待ち受けるもののうまくいかず、三日目になってあきらめかけた時、大男が現れて闘いになる。（第十一回）

梁山泊の最初の大頭目王倫は狭量な人物とされていますが、彼が落第書生、つまり知識人であることにご注意ください。中国は科挙制度によって選抜された知識人が支配する国です。『水滸伝』の知識人批判は体制批判でもあるのです。

コラム　林冲の謎

ここまで何度か述べてきたように、林冲はどちらかというと小心で常識的な人物として描かれています。ところが第十回の終わりでは、突然百姓たちから酒を奪って、酔い潰れた末に捕まるという粗暴な行動を取ります。『水滸伝』は人物の性格の一貫性を重んじる物語なのですが、なぜ林冲は矛盾した行動を取るのでしょう。

『水滸伝』の豪傑たちにはみんなあだ名があって、林冲のあだ名は「豹子頭」です。「豹の頭」というのはどんな頭だろうかと思いますが、実はこれは『三国志』の張飛の容貌描写で用いられる言葉なのです。そこで林冲が初登場する場面での容貌描写を見ると、「豹の頭にどんぐり眼、燕のあごに虎ひげ」と、すべて張飛そっくりです。おまけに後の方で林冲は一丈八尺の蛇矛を使いますが、これも張飛の武器です。そこで百八人の序列を見ると、第五位が関羽の子孫の関勝で第六位が林冲、つまり関羽もどきと張飛もどきがペアになっています。でも張飛の性格は魯智深には似ていても、林冲には似ても似つきません。

ここで注目されるのが明の李開先の『宝剣記』というお芝居です。物語はおおむね『水滸伝』の林冲物語と同じなのですが、中国のお芝居の通例として、林冲は穏やかな性格の二枚目に設定されています。今演じられている京劇などでも林冲が二枚目キャラになっているのは、この作品の影響が大きいでしょう。このお芝居が『水滸伝』に取り込まれた結果として、林冲物語の部分だけ林冲は温和な二枚目になったのではないでしょうか。すると、突然粗暴な行動を取るのも張飛もどきの地金が出た部分ということで説明がつきます。

ただ問題は、李開先の『宝剣記』が嘉靖二十八年（一五四九）、つまり『水滸伝』郭武定（かくぶてい）本の刊行より後に出ていることです。これでは『宝剣記』が『水滸伝』に影響するはずはありませんね。ところがよく調べると、李開先はゼロから『宝剣記』を書いたのではなく、知人の父が書いた芝居に手を加えたことが明らかになりました（詳しく知りたい方は、拙著『中国白話文学研究』（汲古書院、二〇一六）第六章をご覧ください）。すると、やはりここでの林冲像にはお芝居の影響を想定できそうです。もしかすると『水滸伝』が今の形となるのに李開先が関わったのでは……という可能性も出てきますね。

第十二・十三回　楊志物語

大男は、花石綱（徽宗が自分の庭園趣味を満足させるため、江南の太湖周辺から花や名石を運ばせたこと。民を苦しめて北宋滅亡の要因になったといわれる）運搬に失敗して逃亡の後、大赦にあって都に向かう楊志だった。林冲と楊志が互角の闘いを繰り広げていると、王倫が引き分けて山に招き、楊志も仲間入りするよう勧めるが、楊志は断って開封に向かう。林冲はようやく仲間入りを認められる。楊志は開封で復職運動をするが、金を使い尽くしてやっと面会できた高俅から一喝されて望みも消える。しかたなく繁華街で伝家の宝刀を売ろうとするが、無頼漢の牛二にからまれて斬り殺してしまい、北京大名府に流罪になる。北京で軍事・行政の両権を握る梁中書は楊志が気に入り、取り立てるため大演習を実施してその場で腕前を披露させようとする。　（第十二回）

北京大名府は宋の四京の一つでした。あとは東京開封府・西京河南府（洛陽）・南京帰徳府（商丘）です。実際の首都は開封ですが、他の三つも控えの都という扱いで、皇帝の代理の「留守」が置かれていました。梁中書はこの留守です。

演習の場で楊志は隊長の周謹との試合に勝ってかわって隊長に任命されることになるが、周謹の師の索超が不服を唱えて挑戦、両人は互角の腕前を披露して大喝采を浴び、喜んだ梁中書は二人をともに高い地位につける。梁中書は奸臣の筆頭である宰相蔡京の娘婿で、舅に誕生祝い（生辰綱）を贈ろうとするが、去年途中で強奪されたので運搬役の人選に悩んでいた。話変わって、梁山泊近辺の山東済州鄆城県に着任した新任知県の時文彬は、都頭（警察隊長）の朱仝・雷横にパトロールを命じる。雷横がある廟（道教の寺院）を調べると、大男が裸で寝ていたので逮捕する。（第十三回）

コラム　楊志と梁中書の謎

よく考えると楊志の物語には不思議なところがあります。まず、楊志は登場するといきなり身の上話を始めます。「自分は楊家将（北宋の名高い武門）の一族で、武科挙に合格して殿司制使になったが、十人の制使が花石綱を運ぶことになった時、途中で大風に遭って船が沈んでしまって、逃亡していた。大赦にあったので、金品を用意して都に復職運動に行くところだ」。こんなに詳しい経歴を話すキャラクターは他にいません。

もう一つは梁中書の扱いです。梁中書は苦境にある楊志の能力を見抜いて、手を尽くして引き立ててくれる情の厚い人物に見えます。ところが続く生辰綱（蔡京への誕生祝い）の物語では、生辰綱は奸臣梁中書が民から搾り取った財宝だから奪っても差し支えないという話になります。なぜこんな矛盾が生じたのでしょうか。

実は『大宋宣和遺事』には、晁蓋たちによる生辰綱強奪の前にこんな話があるのです。

楊志・李進義・林冲・王雄・花栄・柴進・張青・徐寧・李応・穆横・関勝・孫立の十二人が花石綱運搬の「指使」に任じられ、義兄弟の契りを結ぶが、楊志は潁州で孫立を待つうちに路銀がなくなり、持っていた宝刀を売りに出したところ、チンピラにからまれて相手を斬ってしまって流罪になる。このことを知った孫立は李進義たちと相談し、護送の軍人を殺して楊志を救出すると、みなで太行山に行って山賊になる。

この後に生辰綱強奪の物語があって、警察に追われた晁蓋たちは「太行山梁山泊」に行って楊志たちと合流するという展開になるのですが、山東の梁山泊と山西の太行山は遠く離れていて、こんな地名はありえません。これは『大宋宣和遺事』が北方のことをよく知らない南宋で語られていた物語を反映していること、そして太行山の楊志の物語と梁山泊の物語が強引にくっつけられていることを示しているように思われます。

そして太行山の楊志という人物は確かに実在したのです。北宋末期の記録を見ると、もと山賊の楊志という将軍がいて、文官たちから白い眼で見られていたせいか、太行山における金との戦いで敵前逃亡して、宋が大敗する原因になったという記事が見えます。おそらくこの実在の人物をモデルにして、太行山で活躍するもと山賊の楊志という豪傑の物語が語られていたのでしょう。南宋の芸能の場だった首都臨安（杭州）の盛り場を仕切っていたのは、楊家将出身といわれる禁軍司令官の楊存中でした。その一族の物語が語られていても不思議はありません。その物語の中に楊志が好意的な司令官に見出される物語があって、その役回りがお話の都合上梁中書に回ってきたので、梁中書の性格が矛盾したものになったのでしょう。楊志が身の上を詳しく語るのも、彼の長い物語が強引にここにはめこまれたのでまとめて語らざるをえなかったためかと思われます。

そうすると、もう一つ面白い問題が出てきます。『大宋宣和遺事』における楊志の十一人の仲間は、名前こそ少し違いますが（李進義は盧俊義、王雄は楊雄、張青は張清、穆横は穆弘でしょう）、全員『水滸伝』に登場します（巻末資料に『水滸伝』と『大宋宣和遺事』のメンバー表をあげておきましたのでご参照下さい）。ということは、この十一人の物語は『大宋宣和遺事』段階では存在せず、その後で作られたものであるという理屈になります。前に登場した柴進や林冲も、元来は楊志の仲間だったわけです。

第十四〜十六回　生辰綱物語

男を捕らえた雷横たちは、その村の保正（税金徴収などを担当する村役人）の晁蓋のところに連れて行く。男は様子を見に来た晁蓋に、自分は名高い豪傑晁蓋に身を寄せに来たと言うので、晁蓋は男を甥だったと偽って、雷横に十両贈って助ける。男は自分は劉唐だと自己紹介し、生辰綱強奪を持ちかける。話は翌日ということにして劉唐は一旦引き取るが、雷横のことを思い出すと腹が立って、朴刀（長刀の類）を持って追いつくと、金を晁蓋に返せと要求して斬り合いになったところに、仲裁に寺子屋の師匠の呉用が出現、更に晁蓋も駆けつけて、雷横をなだめて送り出した後、呉用も加えた三人で生辰綱強奪の相談をする。呉用はもう少し仲間が必要だと言い……。（第十四回）

漁師の阮小二・阮小五・阮小七三兄弟を推薦して、早速仲間入りさせるべく出発する。三人の住む石碣村に来た呉用が、晁蓋たちと一緒に生辰綱を奪おうと言葉巧みに持ちかけると、腕を発揮する機会がなくて腐っていた三人は喜んで乗ってくる。呉用と三人が晁蓋・劉唐のもとに赴いて酒を飲んでいるところに、道士(道教の宗教者)が出現、布施をやって追い払おうとすると、怒って暴れ出す。ただ者ではないと見た晁蓋が聞けば、名は公孫勝、超能力を身につけており、やはり生辰綱強奪を持ちかけに来たと言う。(第十五回)

七人になるので、晁蓋は以前見た北斗七星が屋根に落ちてくる夢と符合すると喜ぶ。襲撃予定地点の黄泥岡の近くに住む博打打ちの白勝も仲間に加えることにして、七人は準備を進める。一方、梁中書に生辰綱を届けるよう命じられた楊志は、隊列など組まず、十人の兵士を商人に変装させて、天秤棒で担いで運ぶよう提案して認められるが、蔡京の娘である奥方の執事とその二人の配下もついていくことになる。暑い盛りにもかかわらず、楊志は襲撃を警戒して、涼しい早朝ではなく真昼に歩かせるので、兵士たちや執事は不満を募らせて、黄泥岡という岡の上ですわり込んで動かなくなる。そこに酒売り（実は白勝）が現れるが、楊志は警戒して兵士たちが酒を買うことを認めない。ナツメ売りの七人組が出現、酒を買って飲むので、楊志も大丈夫と見て飲むことを許すが、たちまち全員倒れて七人組に目の前で生辰綱を奪われてしまう。（第十六回）

『大宋宣和遺事』はこの生辰綱強奪を中心にしていて、元来の梁山泊物語の中心はこの話だったものと思われます。内容はかなり近いのですが、輸送指揮者が『大宋宣和遺事』の馬県尉から楊志に変わっていること、襲撃者が八人組から七人プラス一人になってメンバーも一部異なること（秦明・燕青が抜けて公孫勝が入る）、計略が手の込んだものになっていることが違う点です。最初は酒には何も入っておらず、七人組が一桶飲んだ後、もう一桶から劉唐が盗み飲みして薬が入っていないことを示した上で、盗み飲みしようとした呉用から白勝が取り上げて中身を戻したひしゃくの中に薬が入れてあったというからくりです。相手が強敵の楊志なので、策謀の切れが際立つわけですが、七人に入らない白勝が一番活躍するのは面白いところですね。

第十七回　二龍山奪取

楊志は梁中書に合わせる顔がないと立ち去る。残った執事たちは楊志が盗賊とぐるだったことにしようと決める。文無しの楊志は食い逃げして亭主の曹正と闘うが、楊志の腕を見た曹正は林冲の弟子だと自己紹介して、二龍山の鄧龍に身を寄せてはと提案、それに従った楊志は、やはり身を寄せようとして鄧龍と争いになって閉め出された魯智深と出会う。

捕らえた魯智深を献上すると称して二

龍山に入って鄧龍を倒すという曹正の計略が成功して、楊志と魯智深は二龍山の頭領に収まる。一方、執事たちの報告を聞いた梁中書は激怒して、黄泥岡を管轄する済州府に捜索逮捕の指示を出すとともに、蔡京に報せる。蔡京からの恫喝を受けた済州知府は、緝捕使臣（警察のリーダー）の何濤に逮捕できなければ流罪だと迫り、何濤が妻に嘆くところに、弟の博打打ち何清が心当たりがあると言う。

この回はつなぎですが、久々登場の魯智深の口からその後のいきさつと、張青・孫二娘夫婦に人肉饅頭の餡にされそうになったこと（第二十七回参照）が語られます。こうすることによって、武松物語の伏線を敷くとともに、武松が後に二龍山入りすることも不自然ではないように工夫されているのです。

第十八〜二十回　晁蓋一統の梁山泊奪取

何清は目撃情報から、晁蓋が首領で白勝が加わっているはずと明かすので、何濤は早速白勝を逮捕し、鄆城県に行って晁蓋逮捕を依頼すべく、押司（胥吏のリーダー）の宋江に会う。晁蓋の親友の宋江は聞いてびっくり、知県は休憩中と言って何濤を待たせておいて、馬で晁蓋のもとに駆けつけて報せた上で何濤を知県に会わせる。知県の命を受けた朱仝と雷横が逮捕に向かうが、二人とも晁蓋とは親しいので手加減し、晁蓋は朱仝の手引で石碣村に逃れる。

（第十八回）

ここでようやく大頭目の宋江が登場します。晁蓋のもとに馬を飛ばす活躍は鮮やかなものですが、色黒で背が低く（一五〇センチもなさそうです）小太りという外見はいかにも冴えません。頭は切れるが呉用ほどではなく、武芸もできるが大したことはない……なぜこの人が大頭目なのでしょう。それはこれから考えていきましょう。

何濤は五百人の兵士と多くの警察官を率いて石碣村へと逮捕に向かうが、阮氏三兄弟によって水路の奥に誘い込まれ、公孫勝が風を呼び、火船に焼かれ、何濤一人を残して皆殺しにされてしまう。阮小七が何濤の両耳を削いで送り返すと、一同は梁山泊に身を寄せることに決める。朱貴は一同を歓迎して梁山泊に案内するが、王倫はまたしても自分の地位をおびやかされることを心配し始める。これを見抜いた呉用に扇動された林冲は、よそに行ってほしいと王倫が言い出したのを見て、刀を抜いて王倫に迫る。晁蓋たちはなだめると見せて杜遷・宋万・朱貴の動きを止め、林冲は王倫を殺してしまう。（第十九回）

一本気な晁蓋は王倫に歓待されて喜んでいるのですが、呉用は王倫の本心と林冲の不満を見抜いて、予想通り訪ねてきた林冲を巧妙に誘導して、王倫を粛清すると自分から言い出させてしまいます。林冲が王倫に迫ってからも、「私たちが山に身を寄せに来たばかりに、かえって頭領の面子をつぶすことになってしまいました。今から船の用意をして、すぐ失礼することにしましょう」と言ってわざと出て行こうとすることによって、林冲が行動せざるをえないように誘導します。呉用の狡知が鮮やかに示される場面です。

林冲は晁蓋が梁山泊の主になるべきだと宣言、晁蓋はそれを受け入れて、呉用・公孫勝・林冲・劉唐・阮小二・阮小五・阮小七・杜遷・宋万・朱貴の順に席次を定める。そこに黄安率いる千人の官軍が押し寄せるが、今回も巧妙に誘い込んで黄安以下大勢を捕虜にする。更に通りかかった商人の集団からも大量の金銀財宝を手に入れて、晁蓋体制は順調にスタートする。晁蓋はこれも宋江のおかげと、劉唐を派遣して宋江に金の延べ棒と手紙を届けさせる。驚いた宋江は、手紙と金の延べ棒一本だけを受け取って、残りは劉唐に持ち帰らせる。帰ろうとする宋江に声を掛けたのは……。

（第二十回）

第二十一・二十二回　宋江物語

声を掛けてきたのは仲人業の王婆さんで、知り合いの閻婆さんが亭主に死なれて、葬式費用がないので困っていると言う。宋江が気前よく金を出してやると、よい金づると見た閻婆さんは、娘の閻婆惜を妾にしてくれと言い出して、宋江はそれを受け入れてしまう。しかし色事に興味がない宋江に満足できない閻婆惜は、宋江の部下で色男の張文遠と通じて宋江をないがしろにするので、宋江も寄りつかなくなる。焦った閻婆さんは宋江をつかまえて無理矢理引っぱってくるが、閻婆惜は相手にしようとしない。宋江が帰るに帰れずにいると、ちょうど宋江の使い走りの唐牛児が来るので、知県のお呼びと称して逃げようとするが、嘘と見抜いた閻婆さんは唐牛児をたたき出す。

一晩中冷たいあしらいを受けた上に、嫌みを言われた宋江は夜明け前に役所に向かうが、晁蓋の手紙と金の延べ棒を入れた書類袋を忘れたことを思い出して取りに戻ると、閻婆惜が先に見つけていて、晁蓋との関係を暴露されたくなければ言うことを聞けと、さまざまな要求を持ち出す。宋江はすべて飲むが、晁蓋が贈った金百両を要求されたことには応えようがなく、争いになって閻婆惜を殺してしまう。閻婆さんは宋江をかばうふりをしておいて、役所の前まで来たところで「人殺し」と騒ぎ出すが、通りかかった唐牛児に邪魔されて宋江を逃がしてしまう。（第二十一回）

このくだりは演劇でもよく上演される名場面で、宋江・閻婆惜・閻婆さん三人の心理を巧みに描きながら、忘れ物などほんの些細なことが積み重なって、本来起きなくてもよかった殺人が起きてしまうまでを描く描写の冴えはみごとです。いよいよ殺すに至るところの原文を引いてみましょう。

宋江、「前の二つはどちらも言うとおりにできるが、この百両の金子は、確かに届けてはきたが、おれは受け取るのを断って、元通り持って帰らせたんだ。もしあったらすぐに喜んでおまえに差し出すんだがな」。婆惜、「当たり前よね。『役人が銭を見るのは、蠅が血を見るようなもの』っていうじゃないさ。あちらが人を寄こして金子をあんたに贈ったのに、あんたが断って持って帰らせちまうなんてことあるわけないじゃない。屁みたいなこと言ってくれるじゃないさ。役人やってるくせに、生臭食べない猫なんかいるわけありゃしない、閻魔様の前に出て帰してもらえる死人なんかいないはず、あんた誰をだまそうっていうのさ。とっととこの百両の金子出してあたしに頂戴、簡単なことでしょ。証拠が残るのが心配なら、早いとこ溶かしちまってあたしに渡しゃいいでしょ」。宋江、「おまえもおれが真っ正直な人間で嘘はつけないことは知ってるだろ。信用できないって言うなら、三日の猶予を与えてくれれば、財産売って百両の金子こしらえておまえにやるから、おれの書類袋を返してくれ」。婆惜は冷笑して、「この黒三さんときたらお利口さんね、あたしを子供みたいにコケにするなんてね。あたしがもし先にあんたの書類袋とこの手紙返しちまって、三日たってからあんたに金子をくれって言ったところで、これが本当の『出棺してから弔い歌唱いの代金求める』ってやつよ。あたしのとこじゃお金を受け取ってから品物を渡すのさ。とっとと持ってきな、対面決済さ」。宋江、「本当にこの金子は受け取ってないんだ」。婆惜、「朝になってお役所に行っても、あんたはこの金子は受け取ってないって言うのかい」。

　宋江は「役所」の二字を聴くと、怒りがわき上がって抑えられようはずもなく、目をむいて申します。「おまえは返すのか返さんのか」。かの女、「あんたにそんなに強く出られたんじゃあ、返せやしないね」。宋江、「おまえ本当に返さないのか」。婆惜、「返さないよ。あと百回でもあんたに返さないって言ってやるさ。もし返してほしけりゃ、鄆城県の役所であんたに返してやるわ」。宋江はいきなり近寄ってかの婆惜がかぶっているふとんを引っぱります。女は肌身につけて例の品を持っておりましたので、ふとんの方は構わずに、両手でひたすらしっかと胸の前に抱きしめます。宋江がふとんを引き剝ぎますと、書類袋をつけた帯の先がちょうど女の胸の前に垂れ下がっているのが見えました。宋江、「何だ、ここにあったのか。毒食わば皿までだ」。両手で奪おうとしますが、かのアマめは放すはずもありません。

宋江は寝台の側で必死に奪おうとしますが、婆惜は死んでも放しません。宋江がきつく引っ張りますと、衣押さえの短刀が敷物の上に引き出されてまいりましたので、宋江はそのまま手にひったくりました。かのアマめは、宋江が短刀を手にひったくったのを見て、「黒三郎が人殺しする」と叫びます。この一声こそが宋江にその気を起こさせたのです。たまりにたまった怒りはやり場がなかったところですので、婆惜が二度目の叫びをあげた時、

> 宋江の左手は早くもかのアマめを押さえ込み、右手の方では早くも刀がかの婆惜の首の上に振り下ろされて、ただの一引き、鮮血が飛び出してまいります。女はまだ吼えておりますので、宋江は死なないのではないかと恐れて、更にもう一刀、首はコロリと枕の上に落ちました。

偶然出てきた刀（帯につけてありました）が殺意を呼び起こすというあたりは真に迫っています。ただ、このくだりには一つ重大な問題がありました。宋江が閻婆さんと最初に出会うのは劉唐と別れた直後で、その後閻婆惜を妾にして、更に閻婆惜が張文遠と通じて宋江が行かなくなってから、この事件が起こるわけですから、劉唐と会ってから閻婆惜を殺すまでにはかなり長い時間がたっているはずです。となると、その間宋江はずっと書類袋に晁蓋の手紙と金の延べ棒を入れていたことになります。宋江のような慎重な人物には考えられないことですね。そこで、後の版本はすべて順序を入れ替えて、閻婆惜に冷遇されるようになったところに劉唐がやって来て、劉唐と別れた後に出会った閻婆さんにそのまま引っ張って行かれるというように書き換えています。『水滸伝』は出版されるたびに改良を加えられていったのです。

知県は宋江を助けようとするが、張文遠を後ろ盾にした閻婆さんがあくまで訴えるので、やむなく逮捕を命じる。宋江の父宋太公の屋敷に向かった朱仝は、同行した雷横に家捜しさせた上で、確認のためと称して一人屋敷に入り、かねて宋江に聞いていた通り、仏堂の床板を外して鈴を鳴らすと、隠れていた宋江が出てくる。朱仝は早く逃げるよう助言した上で、素知らぬ顔で戻って見つからなかったと報告する。宋江は弟の宋清とともに柴進のもとに逃れる。以前から宋江と文通していた柴進は喜んで二人の歓迎会を開く。酔った宋江は手洗いに立って、熱病でふるえる大男が廊下でシャベルに炭火をのせて暖を取っているところに通りかかり、うっかりシャベルの柄を踏んで炭火を男の顔に跳ね上げてしまう。怒った男は宋江をなぐろうとするが、仲裁に入った柴進から相手が宋江だと明かされた途端に平伏する。宋江が名を聞くと……。（第二十二回）

武松(ぶしょう)の登場です。ここから「武十回」と呼ばれる十回にわたる武松の物語が展開していきます。武十回の特徴は、その間天罡星(てんこうせい)の豪傑が一人も登場せず、地煞星(ちさつせい)も張青(ちょうせい)・孫二娘(そんじじょう)夫婦と施恩(しおん)しか出てこないことです。そして、十回の物語は宋江に始まって宋江に終わり、その間宋江の方には格別の動きがありません。これは、宋江の物語が続くべきところに、武松を主人公とする独立した物語が挿入されたことを示すものでしょう。事実『大宋宣和遺事』には、武松は名前が出るだけで来歴などは一切書かれていません。つまり本来の梁山泊(りょうざんぱく)物語にはなかったであろう物語ということになりますが、しかし「武十回」は『水滸伝』の中でも最も名高いくだりとして、日本文学にまで強い影響を及ぼしていくことになります。そうなった理由も考えていきましょう。

第二十三〜二十六回　武松物語（一）

大男は武松だった。武松は柴進に身を寄せたものの、酒癖が悪いせいで嫌われて冷遇されていた。宋江は大喜びして武松を厚遇し、清河県にいる兄を訪ねに武松が旅立つ際には、宋清と二人で遠くまで見送るので、感激した武松は宋江に頼んで義兄弟の契りを結んでもらう。陽穀県まで来た武松は、「三碗で岡を越せぬ」と書いたのぼりを上げている飲み屋に入り、うちの酒はきついから三碗までしか出せないという亭主を脅して十五碗飲んだ末に、夕暮れ迫る中景陽岡を越えようとする。亭主は虎が出るから昼間に集団で越えろというお触れが出ていると引き留めるが、武松は振り切って岡に上がり、酒が回って休憩しようとしたところに虎が襲ってくる。とっさに棒で打とうとするが、あわてて木を打ったために棒は折れてしまうので、素手で虎を押さえつけて目に蹴りを入れ、弱ったところを拳骨で何十発もなぐって虎を殺す。

さすがに疲れ果てて岡を下りようとしたところに二頭の虎が出現、もうおしまいだと思うと虎が立ち上がるので、見れば虎の皮をかぶった猟師だった。お上から虎退治を命じられた猟師と農民たちは、武松の話を聞いて半信半疑、行ってみると確かに虎が死んでいるので、皆で武松と虎を担いで岡を下る。翌日陽穀県に入ると県城はお祭り騒ぎ、武松と対面した知県は、賞金を全部猟師たちに譲る武松の人柄と武勇を見て都頭に任命する。都頭になった武松が散歩していると、後ろから声が掛かるので振り向けば……。（第二十三回）

名高い武松の虎退治の一幕です。興味深いのは、本当に虎が出るらしいと知った武松が一度は引き返しかけるものの、亭主に笑われるのがいやなのでそのまま進むこと、虎が出るとあわてて木を打って棒を折ってしまうこと、虎を退治してから虎を引きずろうとするが力が出ないこと、虎の皮をかぶった猟師にあってもうおしまいだと思うことなど、武松が超人ではなく、全く人間くさい存在として描かれていることです。豪傑たちを描きながら、『水滸伝』はリアリズムを基本にしており、さればこそ一見荒唐無稽な豪傑の活躍も決して絵空事ではないものとして受け止められるのです。武松の酒癖が悪いという設定にも注意しましょう。武松には冷静沈着な面と、粗暴で向こう見ずな面とがあるため、性格が分裂しているといわれることもあるのですが、よく気をつけると、彼が粗暴な行動を取る時にはいつも酔っているのです。虎退治もその一つですね。作者は性格が一貫するように、最初に周到に手を打っているのです。

声を掛けたのは兄の武大だった。美丈夫の武松とは対照的に、身長が一二〇センチもない武大は性格も弱虫で、美人の潘金蓮を妻としたことをやっかまれて清河県にいられなくなり、陽穀県に移ってきていたのだった。潘金蓮はさる金持ちの小間使だったが、ご主人様の誘惑をはねつけたため、嫌がらせに皆から馬鹿にされていた武大と結婚させられたという事情があり、不満がたまっているところに、りりしい武松と出会って一目惚れ、武松を同居させてかいがいしく世話を焼く。雪の日、潘金蓮は思い切って武松を誘惑するが、武松ははねつけて出て行ってしまう。知県の命令で開封に出張に行くことになった武松は、人目を引かぬよう毎日簾を掛けておきなさいと潘金蓮に言い、潘金蓮は反発しながらも簾を掛けるが、ある日簾を取り込もうとして、うっかり下にいた西門慶に簾をひっかける棒を当ててしまう。

西門慶は県内で力を持つ金持ちの生薬屋で腕自慢の色男、潘金蓮に一目惚れして、武大の隣で喫茶店をしている王婆さんに誘惑の仲介を依頼する。王婆さんは、自分の経帷子を縫ってほしいと潘金蓮に頼んで自宅に誘い込み、西門慶が来合わせた恰好にして二人を関係させる。王婆さんの家で密会が続くある日、果物売りの鄆哥という少年がお得意の西門慶を探しに来るが、王婆さんは怒ってたたき出すので……。（第二十四回）

この回の長さは『水許伝』の中でも群を抜くもので、短い回の三倍ほどもあります。しかも、前半三分の一ほどで武松が退場してからは、次々回の途中まで豪傑が一人も登場しません。そこで語られるのは、どうやって潘金蓮を落とすかという王婆さんの計画とその実行で、王婆さんの饒舌が延々と続いた後、長い誘惑の場面になります。

つまり『水滸伝』の中でも異色の内容を持つわけで、このあたりにこの回が異例の長さを持つ理由がありそうです。おそらく元来武松を中心に簡潔に語られていた物語に、王婆さんと西門慶による艶笑譚（全体にユーモアが多いことは間違いありません）の要素が入りこんで、中心を占めてしまったのでしょう。そして、ここで示された乾いたユーモアによって男女のただれた関係を描くという手法は、そこから『金瓶梅』という驚異の書が生まれることによって不滅のものとなるのです。詳しくはコラムをご覧ください。

鄆哥は仕返しのため、すぐ武大に西門慶と潘金蓮が王婆さんの家で密会していることを告げ口する。武大は鄆哥の作戦に従って、鄆哥が王婆さんを押さえつけている間に現場へと踏み込むが、西門慶に胸を蹴られて重傷を負う。武松の復讐を恐れる西門慶と潘金蓮は、王婆さんにそそのかされて武大を毒殺して証拠を隠滅しようと決意、夜中に胸の痛みを治す薬と偽って砒素を飲ませ、王婆さんと共謀して毒殺の痕を隠そうとする。検死人頭の何九叔が切れ者なのを

心配した西門慶は、先回りして何九叔に銀十両を渡して穏便にと依頼する。腑に落ちないまま武大の家に着いた何九叔は、武大の死体を見るなり血を吐いて倒れる。（第二十五回）

この回には百八人が一人も登場しません。王婆さんの証拠隠滅のやり方は真に迫っていますが、これは当時流行の公案小説（裁判・推理物）の影響でしょう。

自宅に運ばれた何九叔は泣く妻に、言うとおりにしないと西門慶ににらまれるが、加担すれば武松が怖いので仮病を使ったと説明する。妻は、もし武大を火葬にするなら怪しいから、その場合は骨を取っておいて、賄賂の銀と一緒に保管しておけば武松に申し開きができると助言する。

武大が火葬にされることになったと聞いた何九叔は、手伝いするふりをして骨を調べると、もろく黒くなっているので、毒殺の証拠とこっそり持ち帰る。

西門慶と潘金蓮が愛欲に耽るところに武松が帰ってくる。兄の位牌を見た武松は仰天、潘金蓮に死の状況を問いただした上で霊前で寝ていると、武大の幽霊らしきものがひどい最期を遂げたと訴える。兄の死には訳があると確信した武松は、潘金蓮から遺体を処理したと聞いた何九叔を訪ねて、脅しを掛けながら真相を話すよう求めると、何九叔は骨と銀を出していきさつを話し、更に武大がけがをしたことについては鄆哥が事情を知っているはずというので、二人は鄆哥を訪ねる。武松から五両の銀をもらった鄆哥は、これなら老いた父の生活費の心配はないと真相を話す。武松は二人を連れて知県に訴えるが、西門慶が知県以下に賄賂を贈ったため取り上げてもらえない。武松は「では自分で処理します」と言って、お供えと紙を買うと、ご近所の衆に迷惑を掛けたのでお礼にご馳走すると称して王婆さんと近所の四人を無理矢理引っぱってくる。一同はびくびくしながら酒を飲む。

ここから金聖歎が中国の文章の最高峰と讃えるくだりになります、原文を見ましょう。

武松が部下に大声で命じます。「ひとまず杯と皿を片付けろ。少ししたらまた飲むからな」。武松が卓を拭きましたので、ご近所の衆が立とうとしますと、武松は両の手でさえぎって申します。「ちょうどお話ししようとしていたところです。ご近所の皆様おそろいですが、ここにおられるご近所の方の中で字を書くのがお上手なのはどなたでしょうか」。姚二郎すかさず、「こちらの胡正卿さんはすごくお上手ですよ」。武松はただちにおじぎして、「よろしくお願いいたします」と言うなり、両の袖をまくりあげると、衣服の下からすらりとただの一抜き、かの短刀を抜き出して、右手の四本指で短刀の柄を握りつつ、親指で刃の付け根を押さえて、凄まじい両の眼を見開きますと、「ご近所の皆様、わたくしは、恨みには相手がある、借りには作ったものがいると申すものにて、皆様には証人になっていただきたいのです」と言うなり、左手に義姉をつかまえ、右手で王婆さんをしっかと指さします。ご近所の衆はびっくりして、目を開いたまま口はあんぐり、どうしていいかわからずに、みんな顔と顔を見合わせて声も立てられません。

武松、「ご近所の方々、ご容赦ください。驚かれるには及びません。この武松、がさつな男にて、死とて恐れはいたしませんが、それでも恨みあれば恨みに報い、仇あれば仇に報いるものだということぐらいはわきまえております。決して皆様に手出しするようなことはいたしません、ただご近所の方々に証人になっていただきたいのです。もしお一人なりとも先に立ち去ろうとする方がおられましたら、この武松、態度を改めさせていただきまして、その方に私から六、七刀くらっていただくことになりましてもおとがめありませんよう。この武松、その方のために命の償いすることになろうと構うことではありませぬ」。近所の衆、「こりゃ飯も食えなくなっちまったぞ」。

武松は王婆さんを見ながらどなります。「そこの老いぼれ畜生、よく聴け。おれの兄貴のこの命、みんなおまえに関わっているはずだ。ゆるゆるおまえにたずねさせてもらうからな」。振り向くと、女を見ながら罵って「この淫婦めが、よく聴け。おまえはおれの兄貴をどうやって殺したんだ。ありのままに白状したら許してやる」。女、「二郎さん、あなた本当に無茶だわ。あなたの兄さんは胸が痛む病気になって死んだのに、あたしに何の関係があるっていうの」。言い終わらないうちに、武松は短刀をグサッと卓の上に突き立てて、左手でかの女のまげをひっつかみ、右手で胸ぐらをつかまえて、卓を一足で蹴倒すと、卓ごしに女を軽々と引き寄せ、祭壇の上に放り出し、両足で踏んまえて、右手で短刀を抜き放って王婆さんをぴたりと指しながら申します。「老いぼれ畜生めが、ありていに申せ」。かの婆さんは逃げようにも逃げられないまま、しかたなく申します。「都頭さん、怒らなくてもいいですよ、わたくしが話せばいいんでしょう」。

武松は部下に紙と筆と硯を持ってこさせると、机の上に並べて、短刀で胡正卿を指しながら、「お手数ですが、私のために一句ずつ聴いたとおりにお書きいただけますか」。胡正卿はガタガタふるえながら、「わたくし書かせていただきます」。硯の水をもらい受けると、墨をすりはじめました。胡正卿は筆を取り上げると、さっと紙を広げて申します。「王婆、ありていに申せ」。

かの婆さん、「あたしには関係ないことで、あたしは無関係だよ」。武松、「老いぼれ畜生、おれには全部わかってるんだ。おまえ誰をだまそうってんだ。おまえがしゃべらないなら、おれは先にこの淫婦をずたずたにしてから、その後きさまを殺してやる」。短刀を取り上げると、かの女の顔の上を二度ピタピタ叩けば、かの女はあわてふためいて、「二郎さん、勘弁して。あたしを放して、話せばいいんでしょ」。武松はぐいっとかのアマを引き起こして祭壇の前に跪かせます。武松が一声、「淫婦、とっとと話せ」とどなれば、かの女はびっくりして魂も消し飛ばんばかり、しかたなくありのままに白状して、簾を取り込もうとして西門慶にぶつけてしまったことから始めて、服をこしらえているうち関係ができて姦通したことまで一つ一つ話しました。続いてその後どんな風に武大を蹴ったか、なぜ薬を手に入れる話になったか、王婆さんがどんな風にそそのかしたか、始めから終わりまで一通り話しますと、武松はもう一度女に話させて、今度は胡正卿に書き取らせました。王婆さん、「ろくでなし、あんたが先に白状しちまったら、あたしもごまかしようがないじゃないか。このおいぼれをえらい目にあわせてくれるわ」と、しかたなく白状いたしましたので、この婆さんの供述も胡正卿に書かせました。

始めから終わりまで余さずそこに述べ尽くしたところに、二人の双方に指印を押させ花押を書かせると、すぐに四人のご近所にも名前と花押を書かせてから、部下に腹巻きをほどかせて、婆さんを後ろ手に縛りあげた上で、供述書を巻いて懐に収めました。部下に酒を一碗取ってこさせて、祭壇の前にお供えしますと、女を引っぱってきて霊前に跪かせて、婆さんもどなりつけて霊前に跪かせました。武松、「兄貴、魂は遠くに行ってはおりますまい。弟の武二があなたのために仇を取りますぞ」。士兵に紙銭を焚かせます。女が情勢悪しと見て、わめこうとするところを、武松は髪の毛をつかんで引き倒して、両の脚で女の両肩を踏んまえますと、胸元の衣服を引き開けて、言うより速く、短刀で胸元をただの一えぐり、口に短刀をくわえたまま、両手で胸をぐいと開いて心肝五臓を取り出すと、霊前に供えて、ガチッと一刀のもとにかの女の首を切り落とせば、血はあたり一面に流れます。四軒のご近所はびっくり仰天、みんな顔を覆ってしまいましたが、武松が凶暴になってしまったのを見ては身動きもならず、言いなりになるしかありません。

日常的な買い物から始めて、証人を準備して、法律的に有効な供述書を取る武松の計画性と殺し方の残虐さ、隣近所へのあくまで冷静かつ鄭重な態度と潘金蓮や王婆さんに対する粗暴さ、これらが鮮明な対比をなして、冷静沈着・冷血非情でありながら、兄への情愛は豊かに持つ強烈な個性を鮮やかに描き出している点にご注目ください。

武松はご近所一同に「二階で少々お待ちください」と言うと、潘金蓮の首を持って西門慶の店に向かい、番頭を脅して酒楼で接待中と聞き出すと、部屋に跳びこんで潘金蓮の首を投げつける。西門慶も果敢に立ち向かうが、武松に投げ落とされて首を斬られる。武松は二つの首を兄の霊前に供えて、近所の衆に言うには……。

（第二十六回）

コラム　武松と潘金蓮――『水滸伝』と『金瓶梅』

『金瓶梅』は潘金蓮・李瓶児・春梅という三人の美女の名を組み合わせた題名です。つまり潘金蓮は『金瓶梅』のヒロインの一人ということになります。『水滸伝』の登場人物が、なぜ『金瓶梅』のヒロインになるのでしょうか。

実は『金瓶梅』は『水滸伝』のスピン・オフ、というよりパラレルワールド小説なのです。『金瓶梅』は、武松が潘金蓮と西門慶を殺すことに失敗した世界の物語です。そしてパラレルワールド小説にありがちなことですが、いろいろなことが少しずつずれているのです。たとえば事件が起こる場所は清河県、武松兄弟の出身地は陽穀県と、『水滸伝』とは逆になっています。武松は『水滸伝』のような周到さがない粗暴な男です（だから失敗するわけです）。でも一番違うのは潘金蓮でしょう。

『水滸伝』の潘金蓮は、小間使をしていた金持ちからの誘惑をはねつける身持ちの固い少女でした。嫌がらせで武大と結婚させられると、なぜか地の文の語りでは間男こしらえてばかりといわれるのですが、読んでいる限り他に男をこしらえた形跡はありません。絶望していた彼女が美丈夫の武松を見て、運命の人に巡り会ったとかいがいしく尽くし、結局拒否される姿は切ないほどです。その末に王婆さんと西門慶の誘惑にはまっていったと考えれば、潘金蓮が男社会の犠牲者だという見方が出てくるのも当然でしょう。近現代にはそういう解釈に基づく演劇がいくつも生まれました。一方、『金瓶梅』の潘金蓮は最初から悪女で、主人の誘惑にも喜んで応じて主人の体を衰弱させてしまう有様、以後のその悪女ぶりはすがすがしいほどです。

『水滸伝』がリアリズムを基調にしていることは前に述べたとおりですが、『金瓶梅』はそれを更に発展させて、実社会の有様を仮借なく赤裸々に描いた作品です。しかも『水滸伝』が芸能をもとにしているのに対し、『金瓶梅』は非常に教養の高い一人の作者がゼロから書いた創作物です。その点で『金瓶梅』こそ最初の近代小説といっても過言ではないのですが、その『金瓶梅』を生み出したものこそ『水滸伝』第二十四回でした。この意味でも『水滸伝』はまことに重要な作品といってよいでしょう。

なお、容与堂本の挿絵の武松はひげ面のむくつけき男ですが、以後武松はどんどん二枚目化して、現在ではひげがなく、眼光鋭いハードボイルドな渋い二枚目というイメージが定着しています。これは、林冲の場合と同様、武松を主人公とした沈璟の『義侠記』という南曲の演劇作品が人気を博して、その主人公として二枚目化したことと、冷静沈着な美女の殺し手というイメージが影響していったことによるものでしょう。

第二十七～三十一回　武松物語（二）

武松は近所の衆に証言と後の始末を頼んで、一同で県の役所に赴く。知県は武松のために罪状が軽くなるよう計らって、上部機関の東平府に送る。東平知府（長官）の陳文昭は立派な人物で、武松に同情して好意的に取り計らい、武松は棒打ちの上孟州に流罪、王婆さんは凌遅（一寸刻みにする処刑）との判決を下す。王婆さんの処刑を見届けた武松は、二人の護送役とともに出発、護送役は武松を重んじて鄭重に扱う。

孟州に近い十字坡というところで、暑いので一服しようと飲み屋に入ると、出てきたのは怪しい女、武松はわざと出された肉饅頭を割って、「この餡は人肉かい、人間の陰毛があるみたいだ」と言ったり、女にちょっかい出すようなことを言うので、女は内心腹を立てつつ酒を勧める。武松は飲んだふりをしてこぼしておいて、二人の護送役ともどもばったり倒れる。女は「金も手に入ったし、饅頭の餡もできた」と喜んで武松を持ち上げようとするが、逆に組み敷かれてしまう。女がわめくところに外から駆け込んできた男がわびを入れて自己紹介するのを聞けば、男は張青、女は妻の孫二娘、二人で飲み屋を開いて旅人にしびれ薬の入った酒を飲ませ、金品を奪って肉は饅頭の餡にしているとのこと。更に張青は、前に魯智深をしびれ薬で倒してもう少しで解体するところだったこと、やはり豪傑らしい頭陀（僧侶見習い）を殺してしまって、その遺品の数珠と戒刀二振りを持っていることを話す。（第二十七回）

張青は護送役を殺して二龍山で魯智深の仲間入りするよう勧めるが、武松はそんな不人情なことはできないと断る。武松は張青と義兄弟の契りを結んで孟州に向かう。看守長からの賄賂の要求を拒絶して、所長の前で棒で打たれようとした時、所長の横にいた包帯をした若い男が所長に何かささやくと、所長は「おまえは病気だな」と言い出し、「病気じゃない」と言い張る武松を下がらせる。

その後、ご馳走が届けられ、体を洗ってもらえて、更に別室に案内されるので、いよいよ始末されるかと思えば更にサービスされる。落ち着かなくなった武松が問い詰めれば、所長の横に立っていた包帯の男が所長の息子の施恩で、その命令で世話をしているとのこと。すぐ会わせろと要求すると施恩が現れて、頼みがあるが、武松の体力回復を三ヶ月待ちたいと言うので、三〇〇キロもあろうかという巨大な石を自在に動かしてみせて、早く話せとせかすのを受けて、施恩が言うには……。

（第二十八回）

施恩は快活林という盛り場を仕切っていたが、蔣門神という凄腕の男が現れて、孟州駐在軍の張団練を後ろ盾に、施恩を痛めつけて横取りしてしまった。そこで武松を豪傑と見込んで、蔣門神を倒してもらいたいとのこと。所長からも鄭重に依頼を受け、痛飲するので、二日酔いを心配する親子は、蔣門神は留守だと言って一日ひきのばすが、そのことを知った武松は翌日、夜明けを待ちかねて出発しようと言う。施恩が用意した馬も断って、飲み屋にあうごとに三碗飲まねば先には行かぬと言い出すので、酔って闘えなくなることを心配する施恩に「おれは酔えば酔うほど実力が出るんだ」と豪語する。納得した施恩は手下につまみを持って先行させることにする。十何軒か飲んだところで近づいたので、施恩に遠くで隠れているよう命じた武松は、涼んでいる蔣門神を横目にそのまま店に入ると、くだを巻く酔っ払いのふりをして店にいた蔣門神の妾と店員たちをみんな酒甕にほうり込み、駆けつけた蔣門神を一撃で倒して、「命が惜しければ言うことを聞け」と迫る。（第二十九回）

武松酔打蔣門神

酔っ払いのふりをして変な絡み方をするのですが、その前に武松が実際に大酒をくらっていることは注目されます。武松は自分で酒癖が悪いことを自覚して、わざと酔って演技を越えた絡み方ができるように計算しているのかもしれません。

　武松は施恩にわびを入れて出ていくよう蔣門神に強要する。間もなく軍をしきる張都監から武松を召し抱えたいとの申し出があり、武松は厚遇を受ける。張都監は中秋の夜、家族の宴に武松を呼んで杯を与え、小間使の玉蘭と結婚させる約束をする。武松が部屋に戻ったところに「泥棒だ」という声。玉蘭に導かれて奥に入ったが、誰もいないので出てきたところを捕らえられ、武松の部屋から銀器が見つかって逮捕されてしまう。施恩が牢番の康節級にたずねると、蔣門神に頼まれた張団練の依頼で張都監が罠を仕掛けたもので、知府以下も蔣門神の賄賂を受けて武松を死刑にするつもりだが、正義感の強い胥吏の葉孔目が言いなりにならないとのこと。施恩は康節級と葉孔目に百両ずつ銀を贈り、三度にわたって牢内に入って武松に衣食を渡し、看守たちに金銭をばらまく。

知府も真相に気づいて武松を死刑にする気がなくなり、棒打ちの上恩州（なぜか武松の故郷清河県附近）に配流と決まる。途中で施恩からはなむけの着替えと銀を受け取るが、二人の護送役は施恩の金を受け取ろうとしない。更に途中で二人朴刀を持った男が加わるので、自分を始末するつもりだと見て取った武松は、水辺の飛雲浦まで来たところで先手を打って四人を倒し、張都監たちの差し金と確認した上で、刀と朴刀を奪って戻っていく。（第三十回）

武松は張都監の屋敷の馬小屋に侵入、馬丁から張都監たちが邸内の鴛鴦楼で酒を飲んでいることを確認して馬丁を殺し、塀を越えて中に入る。まず台所で愚痴を言いあっていた二人の女中をいきなり殺してから鴛鴦楼に上がっていけば、中では三人が「今頃武松はあの世行き」と語り合っているところ。激怒した武松は踏み込むと、蔣門神を真っ向から椅子もろとも斬り倒し、張都監の首筋を斬り、椅子を振り回して掛かってくる張団練をかわして押し倒すと首を切る。残った二人の首も切って、死体から切り取った布を血に浸して白壁に「人を殺したのは虎退治の武松だ」と書き付ける。折しも下から奥方が楼上に介抱しに行くよう言い付けるのが聞こえて、二人が上がってくるので、やり過ごしておいて斬り倒し、下りていって奥方を斬って、首を切ろうとするが刃が欠けているので、入り口に立て掛けておいた朴刀を取って戻ったところで玉蘭たちに出くわして、これも殺して外に出る。城壁を越え、堀を渡って一晩逃げたところで疲れが出て、そこにあった廟の中で横になったと思えば、熊手が伸びて四人の男に捕らえられるが、幸い男たちは張青・孫二娘夫婦の手下だった。

一方、孟州は大騒ぎになって武松を指名手配する。張青は武松を二龍山に逃がすことにして、変装のため以前に殺してしまった頭陀が残した道具を武松に与えて行者（僧の見習い）姿にする。武松が峠を越えようとして月明かりの中を歩くうち、庵の中で道士が女を抱いて笑っているのを見て、出家のやることかと武松が扉を叩けば、童子が出てくるので首を刎ね、中から飛び出して来た道士と切り結ぶ。

（第三十一回）

武松の行動は一見粗暴で、潘金蓮殺しの冷静さとそぐわないようですが、よく読むと武松はまず馬丁をだまして扉を開けさせ、殺した後施恩にもらった服に着替えてから、銀（これも施恩にもらったもの）を馬丁のふとんにくるんで胴巻に入れたものを戸にさげ、扉を外すとそれを足がかりに塀を越えて、通用門を内側から開けるとかんぬきを外した上で侵入しています。つまり事前に逃げ道を確保して、金は忘れないように用意しているわけです。何の罪もない女中たちまで問答無用で殺す冷酷さといい、すべて計算して動く冷徹な犯罪者の行動というべきで、やはり武松の性格は一貫しているといってよいでしょう。無益な殺人は決してしない魯智深とは全く対照的ですが、この後二人はコンビを組むことになります。さてどうなることでしょうか。答えは結末近くで与えられます。

コラム　人肉饅頭と江湖の世界の倫理観

旅人を殺して饅頭の餡にしてしまうとは極悪非道の振る舞いというべきですが、本文には張青夫婦を批判する言葉は一切ありません。これは『水滸伝』の道徳規準が一般社会とは違うことを意味します。では、『水滸伝』はどのような世界の物語なのでしょうか。このくだりの張青のセリフがそれをよく示しています。

張青は、三種類の人間は殺すなと孫二娘に言い含めていると言います。一番目は諸国行脚の僧侶と道士。二番目は「江湖の行院妓女」、つまり旅芸人たち。三番目は流刑人です。三者に共通しているのは、非定住民であることです。

政府は土地と結びついた人間から税金を取ります。税金を払っている人間は保護する必要がある。逆にいうと、納税義務を果たさない非定住民を保護する義理はないということになります。更に、広い中国では中央政府がすみずみまで支配を及ぼすことは不可能ですから、末端は地方自治に委ねられます。地方自治を担うのは、第二回の史家荘に見られるような、血縁関係を軸にした共同体です。非定住民は当然そうした共同体からも排除されています。こうした非定住民の世界が、張青のセリフに出てくる「江湖」なのです。

「江湖」という言葉は『水滸伝』のキーワードといっていいでしょう。宋江と出会うとみんなが平伏するのは、宋江が江湖の世界では知らぬ者とてない大物だからです。第三十九回で、江湖とは無縁の蔡九知府が「宋江とは何者だ」と言うのは、二つの世界が全く隔絶したものであることを示しています。百八人の豪傑には、盧俊義のような金持ちや李応のような富農も含まれていますが、張青夫婦や朱武たちのようなアウトローはもとより、戴宗・李逵のような牢獄の看守、楊雄や蔡慶兄弟のような首斬り役人は当時いわれない差別を受けていましたし、石秀や曹正のような肉屋は、制度的に差別されてこそいないものの、一般に白い目で見られていました。

魯智深・林冲などの軍人はもちろん堅気の仕事ですが、実は中国には古くから「良人は兵に当たらず」ということわざがあって、武人社会だった日本や西欧とは違って、軍人は白眼視されがちだったのです。特に宋代には、兵士には逃亡を防ぐため入れ墨を入れることさえありました。入れ墨が犯罪者の印なのは、中国も日本と同じです。しかも彼らは、林冲のように理不尽な理由で江湖の世界へと追いやられていくのです。

江湖の人々は、法律の保護を十分に受けることもできず、守ってくれる共同体もありません。彼らにとっては、頼りになるのは絶対の信義を誓った仲間だけです。だから彼らはすぐに義兄弟の関係を結びます。こうした擬制的家族関係は、血縁の家族を前提とする儒教倫理には全く反するものですが、軍人やアウトローの間では広く行われていました。彼らは儒教とは全く異なる倫理のもとに行動しているわけです。仲間への信義の前には、主君も家族も切り捨てて顧みない。その事例をこれから見ていくことになります。

宋江は胥吏で、元来江湖の世界の住人ではありません。その彼がなぜ梁山泊（りょうざんぱく）のリーダーになるのか。それもこれから見ていくことにしましょう。

武十回の終わりに再び宋江が登場して、ここからは宋江を狂言回しに、多くの豪傑たちが梁山泊に集結していくパートへと移行していきます。まずは清風寨（せいふうさい）物語です。

第三十二〜三十五回　清風寨物語

武松は道士を倒し、中にいた女に道士がため込んでいた金をやって立ち去る。道中飲み屋に入った武松は、自分には肉を出さないのに、後から来た大男には出したので暴れだし、皆を追い払って大いに飲み食いした末に、酔って川に落ちたところを捕らえられてしまう。大男たちが武松を柳の木に吊して打つところに出てきた男が、武松を見て「義弟の武二郎じゃないか」と言うのを見れば宋江だった。

先ほどのけんか相手は宋江の武芸の弟子の孔明・孔亮兄弟で、宋江はこの兄弟のいる白虎山に厄介になっていた。武松と孔兄弟は仲直りして宴会を開き、宋江は自分はこれから清風寨知寨（寨［砦ともいう］は、軍事上の要地に置かれ、盗賊の取り締まりや義勇軍の徴募を行った。知寨はその長官）の花栄を訪ねるので一緒に来ないかと武松を誘うが、武松は大罪を犯した身で宋江や花栄に迷惑を掛けてはいけないと断る。二人は一緒に出発し、分かれ道で涙を流して別れる。
宋江は清風山に入ったところで罠に掛かって捕らえられ、山賊の砦に連れて行かれる。現れたのは燕順・王英（通称王矮虎）・鄭天寿の三頭領、宋江を殺してスープにしようとするので、宋江が「あわれ宋江もここで死ぬか」と口走ると、相手が宋江と分かった三人はたちまち平伏して無礼をわびる。宋江がそのまま砦に滞在するうち、王矮虎が美人をさらってくるので、素性を聞くと花栄の同僚劉高の妻とのこと。宋江は別にいい女性を見つけてやるからと王矮虎に言い含めて女を釈放させる。宋江は三人に別れを告げて清風寨に向かう。

（第三十二回）

豪傑たちは原則として女色に興味がないことになっているのですが、王矮虎は例外的に女好きと設定されています。足が短いから「矮脚虎（小さい虎）」と呼ばれることといい、道化役と設定されているせいでしょう。

清風寨武知寨の花栄は宋江を大歓迎する。劉高の妻を助けたと聞いた花栄は、文知寨の劉高は貪官で、妻もろくでなしなので助けることはなかったと言うので、宋江が諫めると花栄は素直に聞き入れる。元宵節の灯籠祭の夜、花栄は仕事で付き合えないので、配下の者を供に宋江が見物していると、劉高の妻に見られて捕らえられてしまう。知らせを聞いた花栄は下手に出て手紙で釈放を求めるが拒絶されるので、武装して劉高のところに乱入して宋江を救出する。劉高は二人の武芸師範に命じて兵を率いて奪回に向かわせる。

ここは原文を引いてみましょう。花栄の颯爽たる若武者ぶりにご注目ください。

> この時はまだ夜が明けておりませんでした。あの二百人ほどは門のところに固まるばかりで、誰も先陣を切って入っていく度胸がありません。みんな花栄の腕が立つのを怖がっているのです。みるみるうちにすっかり夜が明けますと、表門の両の扉は開いたままになっているのが見えてまいりました。

花知寨が広間にすわって、左手には弓を持ち、右手には矢を持っております。皆が門の前で固まっておりますと、花栄は弓を持ち上げて大声でどなります。「おまえら兵隊ども、恨みには相手がある、借りには貸主があるということもわきまえぬか。劉高がおまえらを寄こしたのであろうが、あいつにいいとこ見せようなんぞと思うんじゃない。あんたら新入りの師範両人、まだ花知寨の武芸のほどは知るまいな。今日はまずおまえら一同に花知寨の弓矢を見せてやる。その上できさまらが劉高にいいとこ見せようというなら、怖くない奴は入ってこい。おれがまず表門の左側に貼ってある門神（門を守る武人の絵）の骨朶（長柄の先に鉄の球をつけた武器）の先を射るのを見るがいい」。

矢をつがえて弓を引きしぼると、ただの一矢、「当たれ」と叫べば、まさしく門神の骨朶の先に射当てました。みんなは見て仰天。花栄はまた二の矢を取り出すと、大声で呼ばわります。「おぬしら一同、おれが二の矢を射るのをまた見るがいい。右側の門神の兜の房を射てやろう」。ヒョウとまた一矢、少しの狂いもなく、まさしく房の上に当たりました。その二筋の矢は門の二枚の扉に突き立っております。花栄は更に三の矢を取ってどなります。「おぬしら一同、おれの三の矢を見るがいい。おぬしらの隊列の中にいる白い服を着た師範の胸を射てやろう」。その者は一声叫ぶとあっちを向いて真っ先に逃げ出しますので、みんなは叫びながら一斉に逃げてしまいました。

花栄は「歯は白く唇は紅く両の眼ははしこく」というハンサムな好青年と設定されています。魯智深や武松とは全然違うキャラクターですね。なぜでしょう。詳しくはコラムをご覧ください。

花栄はひそかに宋江を清風山に逃がそうとするが、この動きを予測していた劉高に捕らえられてしまう。劉高の報告を受けた青州知府の慕容彦達は都監の黄信を派遣、花栄はまだ宋江が捕らえられたことを知らないと聞いた黄信は、花栄と劉高を和解させると称して酒宴を開き、杯を投げるのを合図に花栄を捕らえて、宋江ともども青州に護送すべく、劉高と一緒に出発する。

（第三十三回）

途中まで来たところで燕順・王矮虎・鄭天寿が出現、黄信は三対一では歯が立たずに逃亡するので、燕順たちは逃げ遅れた劉高を捕らえ、宋江・花栄を救出して清風山に帰ると、花栄が劉高を殺す。清風寨に逃げ戻った黄信の報告を受けた知府は、統制（旅団長レベル）の秦明を派遣する。しかし、霹靂火（雷）とあだ名される秦明の短気さを利用した宋江・花栄たちの作戦に翻弄され、兵を失った末に落とし穴に落ちて捕らえられる。花栄は秦明の縛めをほどいてわびを入れ、宋江が事情を説明するので、秦明は納得するが、仲間入りの誘いは断る。一晩引き止められて、翌日甲冑や馬を返してもらって青州に戻れば、城壁の上から慕容知府が、賊に寝返って昨夜青州を襲ったと責め、秦明の妻の首を示す。しかたなく秦明が清風山に戻ると、宋江は「実はどうしても仲間入りしてもらいたいので、よく似た子分に秦明の甲冑を着て青州を襲わせました」と告白する。秦明は激怒するが、もはやしかたないと受け入れ、宋江は自分が仲人になって花栄の妹を後添えにすると申し出る。翌朝秦明が清風寨に赴いて、実は捕らえられていたのは宋江だったと伝えると、黄信はすぐに宋江側につくことを承知する。（第三十四回）

この前後には文官批判が集中的に見えます。劉高と花栄の文武の対立に始まって、秦明も黄信も文官（「大頭巾」と嘲笑的に呼ばれます）にいじめられるよりは、山賊になって気楽に過ごす方がいいと言われてその気になります。宋代以降の中国はシビリアンコントロールの行き届いた社会でしたので、武官には不満が鬱積していましたが、文字を書くのは文官なので、それが表面化することはあまりありませんでした。『水滸伝』は、そうした武官の訴えという側面を持っていますが、この部分に特に集中して文官批判が見えることには理由がありそうです。『大宋宣和遺事』では花栄は花石綱運搬十二人組の一人、秦明は生辰綱強奪八人組の一人でしたから、この物語は明らかに比較的新しく作られたものです。その際に文官批判が盛り込まれたということかもしれません。

そこに宋江・花栄たちが押し寄せて、劉高一家を皆殺しにする。王矮虎は劉高の妻をさらうが、燕順が殺してしまい、宋江は別の女性を世話すると言ってなだめる。秦明と花栄の妹の結婚式の後、官軍の襲撃を恐れた一同は、宋江の提案に従って梁山泊に合流することにする。宋江と花栄が先行していると、ともに方天画戟（槍の両側に半月状の刃をつけたもの）を得物とする若者に率いられた紅と白の一隊が現れ、両人が闘ううち、双方の戟の飾りが絡まってしまうので、花栄は一矢で射分ける。紅いのは呂方、白いのは郭盛で、戟の腕比べで争ってきたと言うので、宋江は仲間入りさせる。

宋江と燕順が先行して飲み屋に入ったところで、先にいた男と席の争いになるが、相手が宋江だと聞いた男は石勇と名乗り、宋江の留守宅を訪ねたところ、宋清から手紙を託されたと言う。手紙を読むと、父の宋太公が死んだとあるので、宋江は故郷の鄆城県に駆けつけることにして、晁蓋宛の紹介状を残して立ち去る。一同が梁山泊に着いて宋江の手紙を出すと、すぐに受け入れられる。

歓迎会の席上、自分の弓術を晁蓋(ちょうがい)が信用していないのを見た花栄(かえい)は、雁を射落として腕前を見せつける。一方、故郷に駆けつけた宋江(そうこう)は、ご近所から父が元気だと聞いて宋清(そうせい)を嘘つきと罵(ののし)れば、宋太公(そうたいこう)は自分が会いたいので嘘を書かせたと言う。その夜、外から聞こえるのは「宋江(そうこう)を逃がすな」という声。

（第三十五回）

コラム　戦士の二類型

フランスの神話学者デュメジルは、『戦士の幸と不幸』（高橋秀雄・伊藤忠夫訳『デュメジル・コレクション4』〔ちくま学芸文庫、二〇〇一〕所収）第四章「スタルカテルスの三つの罪」で、インド・ヨーロッパ語族の神話に登場する戦士には、二つの類型があると論じています。一つは腕力が強く、粗野(そや)で孤独、容貌が醜(みにく)い。もう一つは武芸にすぐれ、優雅かつ社交的で友人・家族が多く、容貌も優美。ギリシア神話では前者はヘラクレス、後者はアキレウス、インド神話では『マハーバーラタ』の登場人物のうち、怪力で化け物も素手で倒すビーマが前者、無双の弓の名人アルジュナが後者ということになります。

デュメジルはインド・ヨーロッパ語族に特徴的だといっているのですが、これは中国にも当てはまるようです。『水滸伝』では魯智深・武松が前者、林冲・花栄が後者と考えれば、ぴったり当てはまることがわかるでしょう。魯智深は天涯孤独の身、武松には兄がいたけれども殺されてしまいます。そして彼らは粗暴な腕力派で、少なくとも元来は優美な外見をイメージされていたとは思えません。一方、林冲には美人の妻がいて、花栄には妻と妹がいます。いずれも都会的な社交性があって、林冲は棒術、花栄は弓術の達人です。容姿も花栄はハンサムな若者として描かれます。元来張飛もどきだった（張飛は明らかに粗暴なタイプですね）林冲が、次第に美男に変わっていくのも、物語の中で優雅なタイプと規定されたからかもしれません。

この二類型は、他の物語にも見られるものです。たとえば『三国志演義』では張飛が前者、趙雲が後者で、元来粗暴なタイプだったはずの呂布は、やはり美女との関係でどんどん優雅なタイプに変貌して、二枚目キャラクターになります。このように考えると、この二類型はインド・ヨーロッパ語族に限らず、普遍的なものなのかもしれませんね。日本の物語について考えてみるのも面白いでしょう。

ちなみに、元雑劇「争報恩」に登場する花栄は、行方不明の仲間を捜しに来て飲み屋に入ったところで、風でマントがめくれて刀をさげているのを見とがめられて、逃亡するところを女性に救われるという冴えないキャラクターです。前に書いたように花栄の物語が新しく追加されたものだとすれば、この颯爽としたキャラクターは知識人の好みに合わせて後から作られた（名前が華々しいのが影響したのかもしれません）可能性があります。しかし、前漢の弓の名人李広（『キングダム』の主人公李信の子孫です）に由来するあだ名「小李広」は早くから定まっていたようですから、技能派の英雄というのは、おそらく当初からの設定だったのでしょう。

第三十六〜四十回　江州物語

朱仝・雷横にかわって都頭になった趙得・趙能が、宋江がいるとかぎつけて逮捕に押し寄せたのであった。素直に捕らえられた宋江は、棒打ち・入れ墨の上、江州（江西省の九江）に配流と決まり、二人の護送役とともに出発する。梁山泊近くで晁蓋らが宋江を救出しようとするが、宋江は仲間入りを断る。別れ際に、呉用は江州で牢獄の看守長をしている戴宗への紹介状を渡す。江州に近づいた峠で、宋江一行は李立の飲み屋でしびれ薬を飲まされて饅頭の餡にされそうになるが、宋江を出迎えようとやって来た塩の密売をしている船頭の李俊と童威・童猛兄弟に救われる。掲陽鎮という町に入った宋江は、薬売りの武芸者に五両の銀を与えようとするが、そこに大男が現れて、「こいつに誰も金を払うなと言っただろう」となぐりかかってくる。（第三十六回）

ここから宋江がはるか長江の南まで旅をするくだりになります。南宋における梁山泊物語を伝える『大宋宣和遺事』では、宋江は閻婆惜を殺した後（「犯人を捕らえたくば、梁山泊に探しに来い」という詩を書き付けるとなっていて、宋江のキャラクターがちょっと違うようです）、追われて九天玄女廟（第四十二回参照）に逃げ込んで天書を授かり、朱同（「同」は「仝」の異体字）・雷横・李逵・戴宗・李海（李俊に当たるか）らと梁山泊に上るという展開になっていますし、金・モンゴル系統の内容と思われる元雑劇では、宋江は閻婆惜を殺す際に燭台を蹴飛ばして県の役所に延焼、逮捕されて江州に配流される途中で晁蓋らに救われて梁山泊に上ることになっています。つまり、いずれにせよ宋江は江州には行っていないわけですが、豪傑の数が三十六人から百八人に増えた結果、大量のメンバーをスカウトする必要が生じて、金・モンゴルの設定を拡大して宋江の江州行きが生まれたのでしょう。つまり以下の部分は新しく作られた物語ということになりそうですね。

二

武芸者が大男を追い払うので、宋江が名を聞くと薛永と名乗る。食事をしようにも宿を取ろうにも拒絶されるので、薛永と別れて町を出た宋江たちは豪農の屋敷に泊めてもらうが、夜中に騒がしくなって、屋敷の息子が昼間に面子を潰した奴を兄貴と捕まえるんだと息巻くのが聞こえる。宋江たちは逃げ出すが、前は長江、後ろは追っ手、追い詰められたところに船が来る。乗せてもらって助かったと思ったのもつかの間、今度は船頭が「斬り殺されるか、自分から跳びこむか選べ」と迫る。

宋江と二人の護送役が跳びこもうとした時、ちょうど李俊たちが通りかかって宋江だということがわかり、船頭はあわてて張横と名乗ってわびを入れる。張横は水泳の達人の弟張順と組んで水賊をやっていたが、今では足を洗って自分は密売、弟は漁師の元締めをしていると言う。町に向かう途中追いかけてきた兄弟に出会って宋江の正体を明かせば、兄弟はすぐさま平伏してわびを入れる。この穆弘・穆春兄弟は、峠の李俊・李立、長江の張横・張順とあわせて「三覇」と呼ばれる顔役だった。捕らえられていた薛永も解放され、一同でしばし過ごした後、宋江と護送役は江州に向かう。牢城で宋江は金をばらまいて

人気者になるが、そこになぜあいさつ料をよこさないとどなり込んでくる者がいる。（第三十七回）

どなり込んできたのは看守長の戴宗だった。宋江は戴宗を来させるためにわざと金を渡さず、呉用の名を出して驚かす。戴宗はわびを入れ、二人が飲み屋の二階で飲んでいると、金を貸せと騒ぐ大男を鎮めてくれと店員が戴宗に頼む。連れてこられたのは真っ黒い巨漢、戴宗の弟分の牢番、黒旋風の李逵だった。

ここは原文を引きましょう。宋江と李逵、運命の出会いの場面です。なお、ここでは実の兄は「兄貴」、義兄弟は「あにき」と書き分けることにします。

李逵は宋江を見ながら戴宗にたずねます。「あにき、この黒い男は誰だい」。戴宗は宋江に向かって笑って、「押司さん、こいつまったくがさつな奴で、礼儀なんぞまるっきりわきまえちゃいません」。李逵すかさず、「あにき、がさつって何だい」。戴宗、「いいか、おまえは『こちらの旦那様はどなたです』ってお聞きすりゃあいいのに、おまえときたら『この黒い男は誰だい』なんて言いやがって、これがさつでなくて何だってんだよ。まずおまえに教えてやるけどな、こちらのお方こそはおまえがいつも厄介になりに行きたいって言ってた義士あにきなんだぞ」。李逵、「もしかして山東の及時雨の黒宋江かい」。戴宗どなって、「こら、きさまよくもそんな無礼な口きけたもんだ。呼び捨てにするなんて（本名を直接呼ぶことは中国ではタブー）、目上も目下もあったもんじゃない。とっととおじぎせんか、なにぐずぐずしてる」。李逵、「もし本当に宋公明だってんなら、おれはすぐ頭を下げるけど、もしつまらない奴だったら、くそおじぎなんかするもんかよ。あにき、おれをだまして頭下げさせといて笑うなんてやめてくれよ」。そこで宋江が「私が確かに山東の黒宋江です」と言えば、李逵は手を叩いて、「すげえ、あんたなんで早く言って、この鉄牛（李逵のあだ名の一つ）を喜ばしてくれなかったんだい」。がばと身を翻して拝礼します。宋江はあわてて答礼すると申します。「壮士の兄さん、お掛けください」。

この後、宋江は李逵のでたらめを真に受けて銀を貸してやります。宋江が大好きになった李逵は、ご馳走していいところを見せたくなって博打に行きますが、あっという間に全部すってしまいます。銀を返してくれと暴れ出した李逵を止める者がいるので、うるさいと振り向くと宋江と戴宗でした。恐縮する李逵に、宋江は「銀がいるなら言ってくれればいいのに」と言って、代わりに賭場の人たちにわびを入れます。三人は白楽天ゆかりの琵琶亭に行って飲みます。

三人がすわると、李逵は早速申します。「酒は大碗でついでくれ、お猪口で飲むなんて面倒くせえや」。戴宗どなって、「みっともない奴だ、おまえはしゃべるんじゃない、黙って飲んでりゃいいんだ」。宋江は店員に言い付けます。「私たち二人の前にはお猪口、こちらの兄さんの前には大碗を置いてくれ」。店員は返事をして下がると、お碗を持ってきて李逵の前に置いて、酒をつぎながら料理を並べます。李逵笑って、「本当に宋あにきはすてきだ。うわさ通りだぜ。すぐにおれの気持ちをわかってくれる。こんなあにきと義兄弟になれて本当によかった」。……（魚好きの宋江は魚のスープを注文しますが、魚が古いので食べるのをやめます。李逵が代わりに食べてやると言って、宋江と戴宗のスープの中身をすくい取って食べるので卓中汁だらけ。そこで宋江が店員に）「こちらの兄さんはお腹がすいてるみたいだ。でっかい肉を二斤（一キロ強）切ってきて食べさせてくれ。あとでまとめて払うから」。店員、「わたくしどもでお出ししているのは羊だけで、牛肉はございません。肥えた羊ならいくらでもございます」。李逵は聴くなり魚のスープを真っ向からぶっかけるので、店員は全身びしょ濡れです。戴宗どなって、「また何しやがる」。李逵答えて、「こいつ無礼な奴だ、おれは牛肉しか食えねえとかなめやがって、羊はおれに食わせられないってのか」。店員、「わたくし一言お聞きしただけで、よけいなことは申しておりません」。宋江、「とにかく切ってきてくれ、おれが金は払うから」。店員はじっとこらえて、二斤の羊肉を切

> って、大皿に盛り付けて持ってまいりますと、卓の上に置きました。李逵は見ると、遠慮会釈なくわしづかみにして食べまくって、あっという間に二斤の羊肉を全部食べてしまいました。宋江は見て申します。「大したもんだ、本当の好漢だ」。李逵、「この宋あにきはすぐにおれのくそみたいな気持ちをわかってくれるんだ。肉を食うのは魚を食うよりいいよな」。

これが二人の出会いでした。そしてこれから李逵は宋江の影の如くに付き従い、二人は名実ともに生死を共にすることになるのです。なお、当時の中国では牛はトラクターの役割で、肉牛というものは原則として存在せず、牛肉は農作業で働いた牛が年老いたり病死したりした後で食べるものでした。当然固くてそのままでは食べられないので、じっくり煮込むのが普通で、豚肉や羊肉より遥かに安価、つまり貧乏人の食べ物だったのです。だから「牛肉はありません」と言われた李逵は侮辱されたように感じたのです。

宋江と戴宗が魚がおいしくないと言うのを聞いた李逵は、宋江を喜ばせたい一心で長江のほとりの漁船に駆けつけて魚を売ってくれと言うが、元締めが来ないと売れないと言われて大暴れ、そこにやって来た元締めまでなぐってしまう。また宋江と戴宗に止められて帰ろうとしたところに、舟に乗った元締めが、真っ白い体に猿股一つで挑戦してくる。挑発に乗った李逵が舟に飛び乗るなり、元締めは岸を一突き、長江の中に出ていくと、舟を転覆させて、水中で李逵はさんざん水を呑まされる。元締めの名が張順だと聞いた宋江と戴宗は、張横の弟だと気づいて仲裁に入り、一同は琵琶亭に上がって、李逵と張順は仲直りする。盛り上がっているところに唄い女が来て話が中断するので、怒った李逵が女を突くと女は倒れて気絶する。　（第三十八回）

宋江の役に立とうとしてどんどん失敗を重ねる李逵と、それをすべて笑って許す宋江の姿は印象的です。また白い張順と黒い李逵が対決して、陸では無敵の李逵も水中では張順に刃が立たず、散々な目にあった末に仲良くなるくだりも、ユーモアに富んだ名場面といえるでしょう。

宋江は唱い女とその両親に銀を贈って丸く収める。宋江は一人長江のほとりの潯陽楼に上って酒を飲むうち、流罪のわが身を思って酔いが回り、壁に詞と詩を書いて署名した上で帰る。江州対岸の無為軍（軍は行政単位）の黄文炳という失職中の官僚が潯陽楼に上がって宋江の詩詞を見つけ、これは謀反の詩だと蔡九知府（蔡京の息子）に告げ口に行く。宋江逮捕を命じられた戴宗は、宋江に正気でないふりをさせてごまかそうとするが、黄文炳に見破られてしまう。戴宗は神行法という魔法で一日に八百里（五〇〇キロ弱）行くことができるので、蔡九知府は父への誕生祝いの贈り物と手紙を開封に届けるよう命じる。

手紙の中に宋江処分の伺いがあるとは知らない戴宗は李逵に後を託して出発し、李逵は酒も飲まずに宋江を守る。道中戴宗は朱貴の飲み屋に立ち寄ってしびれ薬を飲まされてしまう。朱貴は荷物の中身を見て驚き、戴宗とともに梁山泊に上る。呉用は偽手紙を作って宋江を開封に護送させ、途中で襲撃して救い出すため、あらゆる書を真似ることができる蕭讓と印彫りの名人金大堅を仲間入りさせる計略を立てる。仕事を餌に二人を誘い出し、無理矢理仲間入りさせて、蔡京そっくりの筆跡で書いて蔡京の印を押した偽手紙を戴宗に持って行かせるが、見送った後、呉用は「しまった」と叫ぶ。（第三十九回）

宋江の詞（宋代に流行したうたの歌詞）は、結びが「いつか仇を報いることができれば、血は潯陽江（江州附近の長江のこと）を染めよう」、詩の末句は「黄巣なんか男じゃないと笑ってやろう」というもので、黄巣が唐滅亡の原因となった大反乱を引き起こした人物であることを考えると、黄文炳が謀反の詩というのももっともです。普段は穏やかで、山賊になることも拒絶していた宋江の恐るべき本音が酔った後に出たという巧妙な設定です。

呉用は、偽手紙に蔡京の本名を書いた印を押してしまったが、息子宛の手紙に本名の印を使うわけがない（前述のように本名の呼び捨てはタブーなので、逆

に自身が本名を使うと非常な謙譲表現になる）から、偽手紙だと見破られれば宋江も戴宗も命がないと言う。それを聞いた晁蓋たちは、こうなってはみんなで救いに行くしかないと下山していく。偽手紙は黄文炳に見破られ、戴宗も投獄されて、宋江ともども処刑されることになる。蛇使い・武芸者・荷担ぎ・行商人・物乞いなどが周りで騒ぐ中、いよいよ執行となった瞬間、行商人が銅鑼を叩くのを合図に梁山泊の者どもが一斉に斬り込み、両手にまさかりを持った李逵が跳び下りて執行人を斬り倒す。晁蓋たちは宋江と戴宗を子分に背負わせ、斬り回る李逵の後について行くと長江のほとりの白龍廟に着く。ここでようやく人心地ついた宋江は、李逵を晁蓋たちに引き合わせる。そこに武装した三隻の船が来るので皆はあわてるが、実は張順・張横・穆弘・李俊たちだった。ここで晁蓋たち十七人、張順たち九人、それに宋江・戴宗・李逵、合計二十九人が白龍廟にそろうことになる。そこに江州城から軍勢が押し寄せてくるとの報せがあり、一同は戦う決意をする。（第四十回）

ここで梁山泊にいた晁蓋以下と、宋江が新たにスカウトしたメンバーが合体して、梁山泊の主要メンバーが集結したことになります。これを「白龍廟小聚会」と呼んで、梁山泊成立上の重要な節目とされます。メンバーは二十九人、これに梁山泊で留守を守っている呉用・公孫勝・林冲・秦明・蕭譲・金大堅を加えれば三十五人ですね。ちなみに牢に入れられていた白勝は、もう救出されて江州襲撃に参加しています。ちょうど切りのよい四十回で、ここまでが第一部といっていいでしょう。ここからは個々の豪傑の物語というより、晁蓋・宋江をリーダーとする集団が前提の物語になります。その中で、実権は次第に晁蓋から宋江へと移っていきます。なぜ宋江がリーダーになるのでしょうか。第一部の最後にこの問題について考えてみましょう。

コラム　「英雄」の条件――なぜ宋江がリーダーなのか

ここまで読んでこられた方はもうご存じの通り、宋江は色が黒くて背が低く小太りという、いかにも冴えない外見です。中国では一般に、色白で背が高くてふっくらしているのが美男とされますから、痩せていないことを除けばほぼその逆ということになります。孔明兄弟を弟子にしているぐらいですから、武芸はかなりできるのでしょうが、もちろん林冲・花栄のような技能や魯智深・武松のような腕力はありませんし、智謀についてはかなりの切れ者といっていいかもしれませんが、呉用には及びません。つまり、外見が冴えないだけではなく、武芸や智謀についても群を抜いているわけではないのです。おまけに、第三十二回以下をご覧いただけばおわかりと思いますが、何度も捕まっては食われそうになったり、殺されそうになったり、その都度あたふたして、泰然自若とした豪傑らしいところは見受けられません。偉そうにしないのはいいのですが、人と会えばすぐ下手に出てむやみにへりくだったり、後の方では大物が入ってくるとすぐ地位を譲ると言い出したりするのはやり過ぎの感があります。

金聖歎は宋江を偽善者と定義して深く憎み、更に宋江が偽善者に見えるように本文を書き換えることまでしました。これには反乱者への憎悪という金聖歎独自の理由があったことは巻頭の「解説」で述べた通りですが、その影響は非常に強くて、宋江には偽善者というイメージがつきまとうことになってしまいました。それが中国の現代政治にまで関わってくるのですが、それはともかく、宋江がなぜ百八人のリーダーなのかについては、理由がわからないという意見が非常に多く見られることは間違いありません。

しかし、『水滸伝』では多様な登場人物の性格が鮮やかに書き分けられているというのは衆目の一致するところです。最も重要な人物である宋江が大頭目にふさわしくない人物として描かれているはずはありません。そして、金聖歎を離れて虚心坦懐に『水滸伝』を読めば、彼が大頭目になる理由ははっきりと書かれているのです。

第三十八回における宋江と李逵の出会いの場面をよく見てください。この時李逵はどういう状態にあるのでしょうか。子供の頃から乱暴者として周りから白い目で見られ、人をなぐり殺してしまったために、山東の故郷にいられなくなって遠い江州まで流れてきたものの、やっているのは差別を受ける牢番の仕事。江州の町中の人々から恐れられる鼻つまみ者で、兄貴分の戴宗（たいそう）ですら始末に負えない人間として扱っているのです。そこに、江湖（こうこ）の世界では名高い宋江がやって来ます。李逵は早速宋江に失礼なことを言ってしまって戴宗に叱られるのですが、宋江は少しも怒らず、どんな無作法もそれでいいんだと受け止めてくれます。うれしくなった李逵は、宋江にいいところを見せようとして、次から次へと大失敗を繰り返すのですが、宋江は一言も責めようとせず、笑って始末をつけた上で、全く変わらない温かい態度で李逵に接します。

今までずっと、家族や兄貴分も含めた周りの人たちから白い目で見られて、ただの厄介者扱いされてきた李逵（りき）は、孤独で悲しくてたまらなかったに違いありません。そのために少しでもプライドを刺激されると（「牛肉はない」と言われただけで怒りだしたことを思い出してください）、怒りだして乱暴を働いて、更に嫌われるという悪循環に陥っていました。そういう李逵にとって、宋江の態度がどんなにうれしいものだったか。生まれて初めて自分を本当に理解し、受け入れて、「そのままであなたは立派な人間だ」と言ってくれる人にめぐりあえたのです。

彼が宋江のためなら死んでもいいと思うのは当然でしょう。そして、この後の李逵の人生は宋江に尽くすためのものになります。

同じことは武松（ぶしょう）にもいえます。やはり酒癖が悪くて柴進（さいしん）にも嫌われていた武松は、宋江との出会いで救われます。やはり出会いの時宋江に絡んだことは、彼の孤独と悲しみをよく示していますし、そこで宋江に温かく受け入れてもらえたことは、自分の価値を認めてくれる人間もいるのだという事実に初めて気がつくことができたという点で、彼にとって人生を変えるような出来事だったのでしょう。宋江と出会ってからの武松は、前とは人が変わったように落ち着いた人間に生まれ変わります。

李逵（りき）や武松に対する宋江の態度を偽善と取る人もいますが、作品の中にそのような意図はないでしょう。つらい経験を重ねて傷つきやすくなっている李逵や武松が、偽善の気配を感じ取れないはずがありません。彼らは、宋江から真の温かい共感を寄せられていると感じ取ったからこそ、心を開くのです。

これが宋江の力なのです。人の悲しみや苦しみを理解し、受け入れ、温かく寄り添うことができること、これがあるからこそ豪傑たちは、宋江のためなら命も惜しまない気持ちになるのです。前にも書いたように、豪傑たちの多くはいわれない差別を受けて白い目で見られていた人々、あるいはさまざまな理由で社会からドロップアウトしてしまった人々でした。彼らはみな深い悲しみを抱いています。宋江は彼らの悲しみを受け止め、そのまま受け入れることができるのです。個性が強く、到底協調することなどできそうもない豪傑たちは、宋江が好きだという一点でまとまっています。奸臣たちが「梁山泊など、宋江がいなければ頭のないムカデのようなもの」という言葉が出てきますが、これは梁山泊というものの本質をとらえたものといえましょう。

これは他の中国の物語にもある程度当てはまるようです。『三国志演義』の劉備、『西遊記』の玄奘三蔵など、一見それほど能力が高く見えない彼らがリーダーとなるのは、やはりこうした共感能力ゆえという側面がありそうです。中国で常に理想のリーダーとして想起される劉邦もそうでしょう。これが中国における真の「英雄」の条件なのかもしれません。

第二部　梁山泊の物語

第四十回の「白龍廟小聚会」で、晁蓋配下の梁山泊の頭領たちと宋江が旅先で交わりを結んだ人々とが合流して、一つのグループになりました。ここで李逵をはじめ、戴宗・張順・李俊（南方出身だけに、水を得意とする人が多いのが特徴的です）といった顔ぶれが加わって、梁山泊は大きな組織へと変貌します。ここまでは魯智深・林冲・楊志・武松といった個々の豪傑が単独で活躍する物語が中心だったのですが、ここからは組織としての梁山泊の物語へと変化して、個人の活躍も梁山泊が背後にあることを前提としたものになります。

その中で、梁山泊の実権がいつの間にか晁蓋から宋江に移っていくことにもご注意ください。そもそも、今回新たに加わった十一人がすべて宋江と縁の深い人間なのはいうまでもありませんが、その前にすでに加わっている清風山の燕順・王矮虎・鄭天寿と花栄・秦明・黄信、それに清風山から梁山泊に向かう途中で参加した呂方・郭盛・石勇はいずれも宋江系統の人間ですから、この段階ですでに宋江に近い頭領の方が多くなっています。そうした中で、意図的か否か、宋江が実質的なリーダーになっていく。そのあたりも気をつけてみましょう。

第四十一・四十二回　宋江の梁山泊入り

江州城内から官軍が寄せてくるが、花栄が先頭の騎兵を射落とすと城内に逃げ込んでしまう。宋江は黄文炳への復讐を求め、仕立屋の侯健の手引きで黄文炳の屋敷を襲撃、一家を皆殺しにするが、黄文炳は不在であった。江州にいた黄文炳はあわてて長江を渡って戻ろうとするが、途中で張順と李俊に捕まり、李逵に食べられてしまう。一同は宋江の提案に従って梁山泊に赴くことにして、道中黄門山の欧鵬・蒋敬・馬麟・陶宗旺を仲間に加えて、梁山泊で合計四十人の席次を定める。（第四十一回）

宋江は父と弟を迎えに行くが、趙能・趙得に追われて九天玄女廟に逃げ込む。そこに現れた童子に仙界に案内されて九天玄女に対面し、「星主」と呼ばれて三巻の天書を授かる。夢かと思えば確かに天書があり、外に出てみれば李逵が趙能を殺すところであった。助けに来た梁山泊の一同とともに父と弟を迎えて梁山泊に帰ると、これに刺激された公孫勝も薊州に母を訪ねることにする。李逵も母を訪ねたいと言い出すので……。（第四十二回）

九天玄女は古くから知られる道教の女神で、戦いの秘法を黄帝に授けたといわれます。九天玄女から天書を授かるというのは白話小説に多く見られるパターンです。宋江が九天玄女から天書を授かることは『大宋宣和遺事』にもあるので、梁山泊物語に早い時期からあった展開だろうと思われますが、そちらでは閻婆惜を殺した後、追われて九天玄女廟に逃げ込むことになっていたのは前に述べたとおりです。『水滸伝』では宋江の長い旅が間に入って、閻婆惜殺しは遠い話になってしまっていますね。

第四十三回　李逵母を訪ねる

宋江は許可しておいて、朱貴に監視させる。朱貴は弟の朱富の店で食事させて送り出す。道中李逵を自称する李鬼という者を捕まえた李逵は、老母がいるから許してくれというのにほだされて一旦は見逃すが、李鬼が妻と共謀して李逵にしびれ薬を飲ませようとしたことに気づいて殺す。李逵は母に会うが、兄の李達に江州でのことを責められて、母を背負って逃げる。途中水を汲みに行っているすきに母が虎に食われてしまい、李逵は親子四頭の虎を倒して仇を取る。出くわした猟師たちは、李逵を庄屋の曹太公の屋敷に連れて行くが、見物人の中にいた李鬼の妻が梁山泊の李逵だと密告するので、曹太公はしびれ薬入りの酒を飲ませて李逵を捕らえ、都頭の李雲が李逵を護送することになる。朱富は李雲の武芸の弟子という立場を利用し、慰労と称して李雲たちをしびれ薬入りの酒食で倒して李逵を救出、李逵は曹太公以下の関係者を皆殺しにする。

朱富が李雲を放置してはおけないと李逵とともに待っていると、李雲が追ってくる。

李逵の虎殺しは武松の虎殺しとは全く違うパターンで、血の跡をたどって巣を突き止め、まず中にいた子虎二頭を殺し、知らずに後ろ向きに入ってこようとする母虎の肛門に刀を刺し入れ、襲ってくる父虎の勢いを利用して喉を朴刀で断ち切るというやり方です。相手が四頭で、素手ではなく武器を使うなど、同じ虎退治でもパターンが全く違います。このあたりが、同じパターンを延々と繰り返す凡作とは異なる点です。その後も、初めは武松と似ていますが、全く異なる残虐な展開になります。母が虎に食われることといい、このくだりのブラックユーモアじみた叙述には、不思議な乾いた残忍さがあります。一方で、やむなく師を欺きながら、義を守って見捨てようとしない朱富のように、脇役にも十分な個性が与えられている点にもご注目ください。

第四十四～四十六回　潘巧雲殺し

朱富は李雲を説得し、ともに梁山泊入りする。公孫勝が戻らないのを心配した宋江は、戴宗を薊州に派遣することにする。戴宗は道中声を掛けられた楊林と同行することにし、更に飲馬川で裴宣・鄧飛・孟康を仲間入りさせることを約束してから薊州に着くが、公孫勝の居所がつかめない。そこに牢番で首斬り役人の楊雄が、処刑を終えたご祝儀をもらってやって来る。楊雄がごろつき兵士たちに絡まれ動けずにいるところに、薪を担いだ大男が割って入って救い出したのを見た戴宗と楊林は、好漢と見て酒に誘い、男は石秀と名乗る。そこに兵士たちを追いかけていった楊雄が仲間を連れて戻るので、戴宗と楊林はあわてて姿を消し、裴宣たちを連れて梁山泊に戻る。楊雄は石秀と義兄弟の契りを結び、元来肉屋だった楊雄の舅の潘公は、石秀も肉屋だったと聞いて、石秀と商売を再開することにする。楊雄は妻の潘巧雲を石秀に引き合わせる。ある日、肉屋が閉められて道具も片付けられているのを見た石秀は、これは出ていけということだと考えて、会計清算の書類を作成して潘公に見せるが……。

（第四十四回）

ここからが潘巧雲殺しのくだりになります。潘巧雲は姓まで同じで、いかにも潘金蓮殺しの焼き直しのようですが、実はかなり違う性格の話であることにご注目ください。

この回には幾つか興味深い問題があります。まず舞台となるのは薊州、つまり今の北京の東あたりなのですが、実は北宋当時、この地域は遼の領土でした。それなのに外国だという記述は全くなく、完全に宋国内の出来事として扱われているようです。これは、『水滸伝』の物語が北方の事情に疎い環境で作られたこと、つまりは南宋で現在の形ができあがったことを示唆しているようです。北京周辺も含んだ一つの国として統一された元や明の時代になると、こうした問題は気にならなくなっていたので、修正されることなくそのままになってしまったのでしょう。

次に、飲馬川の三人組のうち、裴宣はもと胥吏で、廉直だったため、貪婪な知府に無実の罪に落とされ、流罪の途中で鄧飛たちに救い出されたことになっています。ここでも清廉な胥吏と腐敗した官という構造が明確に示されています。なお孟康は造船の名人ですが、花石綱運搬船に関わるごたごたで官を殺してしまって山賊になったという履歴で、やはり腐敗した官とのトラブルゆえに江湖の人となったとされます。もう一つは楊雄が牢番で首斬り役人、石秀が肉屋であること。ともにいわれない差別を受けていたことは前に述べたとおりです。楊雄が兵士たちに絡まれるのも、それが原因かもしれません。『水滸伝』は社会的弱者たちが権力に立ち向かう物語なのです。

潘公は、潘巧雲の亡くなった前の夫の二周忌法要のために店を休んだだけだと説明する。そこに裴如海という美男の僧が現れ、潘巧雲と親しげにする。石秀が法事を手伝いながら見ていると、二人は目配せしあっているので、腹痛のふりをして盗み聞きすれば、潘巧雲が明日母の法事をするために寺に行くと裴

如海に言うのが聞こえて、石秀は二人の関係に疑いを抱く。翌日潘公と潘巧雲が寺に行くと、裴如海は潘公に酒を勧めて酔わせておいて、潘巧雲と関係する。二人は楊雄が宿直の夜には小間使の迎児に香を焚く卓を出させ、明け方には見習い僧侶の胡道に木魚を叩いて合図させることにして密会を重ねる。木魚の音から真相を見抜いた石秀は、勤務帰りの楊雄を飲み屋に誘ってこのことを話し、激怒する楊雄に、まずは知らぬ顔をしておいて明日現場を押さえるよう勧める。ところが楊雄は知府に呼ばれて武芸を披露することになり、ほうびの酒に泥酔して帰って潘巧雲を罵って寝る。潘巧雲は石秀に気づかれたと悟り、石秀は自分に振られた腹いせに讒言したのだと目覚めた楊雄に吹き込むと、楊雄は信じ込んで肉屋を閉めてしまう。

ここまででも石秀は恐ろしく頭の切れる男なのがわかるでしょう。楊雄の家を出た石秀が夜明け前に楊雄の家の前で張り込みをしていると、見習い僧侶の胡道が木魚を持って現れます。ここは原文を見ましょう。

石秀は素早く胡道の後ろに回ると、片手で胡道をつかまえ、片手で刀を首に突きつけて、小声でどやしつけます。「じたばたするんじゃない。もし大声上げたらすぐ殺すぞ。本当のことを言え。裴如海はおまえに何させてるんだ」。胡道、「好漢さん、勘弁してくれたら言います」。石秀、「とっとと吐いたら殺さないでやる」。胡道、「如海様と潘公の娘はいい仲になって、毎晩行き来してます。裏口のところに合図の香を焚く卓を出してあれば、私にあの人を呼んで入らせて、夜明け前には私に木魚を叩いて仏さまの御名を唱えて、あの人が出てくるように呼ばせてるんです」。石秀、「あいつは今どこにいる」。胡道、「まだあちらの家の中で寝てます。私が今木魚を叩き鳴らせばすぐ出てきます」。石秀は「ちょっとおまえの服と木魚をおれに貸してくれ」と言って、胡道の体から服を剥ぎ取って木魚を奪います。胡道が服をちょうど脱ぎ終えたところで、石秀は刀で首をすっと一引き、胡道は殺されて地面に倒れました。

胡道が死んでしまうと、石秀は胡道の直綴と膝当てを身につけて、刀を挿しながら、木魚を叩いて路地に入ってまいります。裴如海は寝台の上で、ちょうど木魚がポクポク鳴るのを聴きましたので、急いで起き上がると、衣を引っかけて階下に下りました。迎児が先に来て戸を開けておりましたので、坊主は後について裏口から素早く出てまいります。石秀がまだ木魚を叩き鳴らしておりますので、坊主はひそひそ声で「どうしてやたらに叩くんだ」と叱りつけますが、石秀は返事もせず、路地の口まで行かせておいて、足をすくってひっくり返らせると、押さえつけてどなります。「大声上げるな。大

石秀智殺裴如海

> 声上げたら殺すぞ。おまえの服を剝ぎ取らせてもらおうか」。如海は石秀だと知って、もがいたり声を立てたりできようはずもなく、石秀に服を剝がれて、一糸まとわぬ赤裸になりました。こっそり膝当てのあたりから刀を抜き出して、三、四回突いて殺してから、刀を胡道の側に置いて、二着の衣服を一巻きにまとめますと、また宿屋に戻って、そっと戸を開いて入って、こっそり閉めると寝ましたが、そのことはこれまでといたします。（第四十五回）

二人を裸にして殺した上で、刀を現場に置いていったのは、同性愛の痴情のもつれで殺しあって相打ちになったと見せるためでした。もくろみ通り、当局からはそのような判断が下ります。一応確認した上で容赦なく殺し、しかも抜け目なく犯行の形跡をくらますための細工も施す石秀の冷静さと計画性は印象的です。次の第四十六回を見ましょう。

二

石秀は楊雄を自分の部屋に呼んで事情を説明し、証拠の品を見せる。怒った楊雄があの女を殺してやると息巻くのに対して、石秀は明日墓参りに行くと偽って翠屏山に潘巧雲と迎児を誘い出し、訊問の上で事実とわかれば離縁すればよかろうと提案する。翌日、楊雄が潘巧雲と迎児を翠屏山中の墓地に連れて行くと、突然石秀が現れて証拠の品を突きつけ、迎児を脅してすべて白状させる。潘巧雲もすべて告白するので、裸にして木に縛り付け、迎児を斬り捨てた後で楊雄が惨殺する。この先のことを相談する楊雄に、石秀が戴宗・楊林と交わりを結んだことを話すと、「全部聞いていたぞ」という声。前に楊雄に助けてもらったことのある泥棒名人の時遷で、一緒に連れて行ってほしいと頼まれて、三人で梁山泊に向かう。鄆州まで来たところで、宿に泊まってたずねれば、そこは武勇にすぐれた祝氏一家が自警団組織を作って支配する祝家荘という村だとのこと。おかずがないので、時遷が鶏を盗んできて三人で食べたのが原因で、宿の主人と争いになり、三人は宿を焼いて逃げるが、時遷は捕まってしまう。明け方、飲み屋で休んでいるところに醜い男が通りかかったのを見た楊雄は、その男に声を掛ける。（第四十六回）

コラム　一番恐ろしい男と悪女

梁山泊で一番恐ろしいのは誰でしょう。魯智深のように単純で善良な人間は恐ろしくありませんね。林冲や楊志は怖いけれども人間味があります。殺人マシンのような李逵は、暴れ出すと怖いのですが、単細胞で根は善良です。となると、やはりクールに容赦なく人を殺す武松か……となるのですが、ここで武松を上回る、今時の言い方を使えば最凶の男が登場します。石秀です。

石秀のあだなは「拚命三郎」、つまり「命がけの三郎」ですが、このくだりでは彼のそういう側面はあまり出てきません。最初登場する時は、大勢が楊雄を痛めつけようとしているのを見て助太刀に入り、その後戴宗・楊林、ついで楊雄と会話して、楊雄の義弟として一家の一員になるのですが、その間の彼の態度は愛想のいい穏やかなものです。ただ、店が閉まっているとこれは自分を追い出すということだとさっさと判断して、完全な会計書類を作成して潘公に渡すあたりで、頭の回転が速くて行動がきっぱりしていることが明らかになります。その後潘巧雲と裴如海の秘事を探り出すところでも、その行動には抜け目がありません。楊雄に言い付ける場面でも、はやる楊雄に、まず現場を押さえさせようとしますし、楊雄が讒言を信じた時も、何も言われないうちに自分で判断して出ていきます。しかもその後見張りを続けて、先に引いたように、足のつかないやり方で冷酷に裴如海と胡道を殺します。

しかし更に特徴的なのは、その後の言動です。真相に気づいて怒る楊雄に対して、石秀は笑って「役所勤めのくせに法律もご存じないんですか。もし私がでたらめ言ってたらどうするんです」と言い、楊雄が明日翠屏山に潘巧雲を連れて行くと言えば、「私が来なかったら、言ってたことはでたらめだったってことですからね」と答えます。この時は離縁すればいいと言っていたのですが、翠屏山で潘巧雲がすべて認めると、「今日三方ともすべてはっきりしましたから、あにきがどうなさろうとお心のままです」と言って、楊雄が潘巧雲を惨殺するように誘いを掛けます。頭の回転が速く、常に冷静で、他者からの愛情や共感を一切期待していない、クールでシニカルな人物像が浮かび上がります。この人物造型は実に見事なのですが、金聖歎は受け入れられなかったらしく、珍しく批評で「私はこの人が嫌いだ」と言っています。面白いことに、福建省建陽で刊行された全ページ絵入りの大衆向け簡略版『水滸伝』の挿画では、石秀は他のキャクターとは違っていつも眉間に皺を寄せた顔に描かれています。

ではなぜ「命がけの三郎」なのでしょうか。それは第六十二回をご覧ください。石秀の人格が一層深みのあるものに見えてくるはずです。

一方、潘巧雲は潘金蓮と同姓ですが、かなりタイプの違う悪女です。潘金蓮は不釣り合いな武大と無理矢理結婚させられて不満を抱いていました。つまり彼女が不倫に走ることには、是非は別として一定の必然性が認められます。一方、潘巧雲の夫の楊雄は、差別される身分の首斬り役人ではありますが、知府から武芸の披露を求められるような名の通った武芸者で、容姿からいっても美丈夫といって差し支えありません。そうした不満のない夫を持ちながら、潘巧雲は裴如海との不倫に走ります。潘金蓮の場合のように簡単に説明することができないこの行動は、不条理なようではありますが、そこからは感情に支配される人間の一面の真実を見出(みいだ)すことができます。

つまり潘巧雲殺しは、主役二人をはるかに複雑かつ近代的な人間像に置き換えて潘金蓮殺しを描き直したものなのです。このくだりも心理小説の側面を持つ『金瓶梅』が生まれる要因になったのかもしれません。

ここからは梁山泊最初の集団戦、「三たび祝家荘(しゅくかそう)を打つ」になります。

第四十七～五十回　三打祝家荘

男は以前楊雄に救われたことがある杜興だった。この地の祝家荘・扈家荘・李家荘は自衛のためそれぞれ兵力を蓄え、梁山泊の襲撃に備えて協力し合う約束をしており、杜興は李家荘で執事を務めているというので、楊雄と石秀は時遷を救うため、李家荘の主人李応に紹介してもらうことにする。快諾した李応は杜興に手紙を持っていかせるが、祝家荘の主人祝朝奉の三人の息子祝龍・祝虎・祝彪は時遷を返すことを拒絶して手紙を破くので、怒った李応は祝家荘に攻め寄せるが、祝彪の矢に当たって負傷し、しかたなく楊雄と石秀を送り出す。二人が梁山泊に行ってことの次第を述べると、晁蓋は鶏を盗むなど梁山泊の名折れ、この二人を斬ってしまえと言い出すが、宋江・呉用・戴宗らになだめられて許し、宋江の指揮のもと、梁山泊を侮辱した祝家荘を討ちに行く。まず楊林と石秀が変装して祝家荘に潜入し、石秀は老人から祝家荘の迷路脱出の方法を聞き出すが、楊林は見破られて捕らえられる。二人を救おうと夜討ちを掛けた宋江は伏兵に遇ってしまい……。（第四十七回）

宋江は迷路から出られず窮地に陥るが、駆けつけた石秀の案内で事なきを得る。李応に協力を求めて断られた後、再度攻め寄せると、扈家荘の娘で祝彪と婚約している扈三娘が双刀を手に出馬するので、女好きの王矮虎が掛かっていくが、たやすく生け捕りにされてしまう。乱戦の中、秦明は祝家荘の武芸教師欒廷玉に捕らえられ、宋江も扈三娘に追い詰められるが李逵に救われ、林冲が逆に扈三娘を捕らえる。宋江が扈三娘を梁山泊に送った後、手詰まりとなって悩んでいるところに、援軍を率いた呉用が到着し、祝家荘を破るのはたやすいことと言う。（第四十八回）

ここでも石秀の抜け目なさが目立ちます。呉用の出現をきっかけに、突然話は違う方向に転じることになります。

呉用は新たに仲間入りに来た面々がもたらした計略を用いれば祝家荘を破れるとしていきさつを語る。登州（山東半島先端部）の山に虎が出るので、知府の命を受けた猟師の解珍・解宝兄弟は首尾よく虎を倒すが、毛太公の屋敷に虎が落ちてしまったのでもらい受けに行ったところ、虎を騙し取られた上に無実の罪で投獄された。このままでは牢の中で殺されそうな気配なのを見た牢番の楽和が助けようと二人の身の上を聞くと、二人の従姉妹の顧大嫂の夫の孫新は、楽和の義兄で州の提轄（軍の隊長）孫立の弟なのがわかった。楽和が孫新夫婦が営む飲み屋に行って事情を話すと、孫新は登雲山で山賊をしている鄒淵・鄒潤を呼び、更に顧大嫂が病気だと偽って孫立を誘い出して、軍人身分ゆえにためらう孫立も無理矢理仲間に入れた。楽和の手引で牢に乱入した一同は解珍・解宝を救い出し、毛太公一家を皆殺しにして登州を脱出する。鄒淵たちが親しくしている楊林・鄧飛を伝手に頼って梁山泊に身を寄せようと、石勇が営む飲み屋に来たところで、祝家荘の事を聞いた孫立は、欒廷玉とは武芸の同門なので、それを口実に祝家荘に入り込んで内応するという計略を献じた。この報告を聞いた宋江は大喜び、孫立一行を歓待する。（第四十九回）

祝家荘物語の中に突然全く違う話が挿入されるのですが、パターン化しつつあった物語に変化がつき、難攻不落の祝家荘を破るきっかけを与えるというのはうまい展開ですね。不思議なのは孫立の扱いです。彼は『大宋宣和遺事』では三十六人の一人で、『水滸伝』でも登州グループのリーダー、武芸の実力も第一級なら、祝家荘攻略でも主役を演じるのですが、なぜか地煞星に格下げになって、代わりに解珍・解宝が三十六人に入ります（もう一人格下げになったのは杜千〔遷〕です）。理由はよくわかりませんが、登州物語の主役が解珍・解宝になったためかもしれませんね。ここで登場する楽和は歌の名人で頭の回転が速いキャラクターですが、面白いことに雑劇では李応がよく似た頭がよくて口が達者な若者として登場します。豪傑たちのキャラクターはかなり流動的なものだったようです。

そこに扈三娘の兄扈成がわびを入れに来るので、宋江は手出ししないように言い付けて帰す。上官の命で梁山泊に備えて鄆州を守りに行く途中、通りかかったので応援に来たと称して祝家荘に入った孫立は、八百長で石秀を捕らえて安心させておいて、祝家荘の一同が出撃したすきに捕らえられていた石秀らを解放し、祝朝奉以下を皆殺しにして屋敷に火を放つ。祝龍・祝虎も殺され、

祝彪は扈家荘に逃れたところを扈成に捕らえられる。扈成が宋江に献上しようと向かうところに、来合わせた李逵が祝彪を殺し、そのまま扈家荘に斬り込んで、逃れた扈成以外の一家を皆殺しにし、屋敷の財宝を奪って焼いてしまう。李逵は宋江に叱られるが、たっぷり殺せて満足とうそぶく。一方、李応のもとに知府が現れ、梁山泊と結んだ罪を問うと言って杜興とともに連行するが、途中で宋江らに救出され、梁山泊に来てみれば李応の一家は全員すでに梁山泊にいる。実は知府は蕭譲の変装で、すべては李応を仲間入りさせるための芝居であった。李応も仲間入りを承諾する。宋江はかねてよりの約束を守るため、媒酌人になって王矮虎と扈三娘を結婚させる。

（第五十回）

祝家荘の武術教師欒廷玉については、宋江たちがその死を惜しんだとあるだけで、いつどうして死んだかは、なぜか書かれていません。そのため兪万春『蕩寇志』のような後世の続篇では、欒廷玉が再登場して活躍することになります。

コラム　『水滸伝』の女性たち——女性「好漢」と悪女

普通「百八人の好漢」というのですが、実は中に女性が三人まじっています。「漢」は元来男のことですから矛盾しているようですが、第十七回で魯智深が張青・孫二娘のことを「この夫婦二人は江湖では名高い好漢で」と言っていますので、どうやら女性であっても豪傑と認められれば「好漢」と見なされるらしく、性別とは必ずしも関わらないものと思われます。実際、清末の調査では現実に女性の山賊の頭領がいたとのことです（フィル・ビリングズリー『匪賊　近代中国の

辺境と中央』（山田潤訳、筑摩書房、一九九四）。

その調査からは、山賊の世界には女性に手を出してはいけないという重い掟があったこともわかっています。山賊の世界には婦女暴行を禁止するかなり厳しい掟があったので、民衆の間では山賊より官軍の方が恐れられたともいいます。これは女性問題が入ってくると結束にひびが入るからでしょう。前にお話ししたように、構成員相互の信頼関係を絶対とする江湖の人々にとっては、致命的な問題になりかねない危険性があるのです。『水滸伝』の豪傑たちが、一部の例外を除いて女性に対してはストイックな態度を取っていることはそのあらわれでしょうし、閻婆惜・潘金蓮・潘巧雲など、女性の主要登場人物が悪女ばかりなのも、女性に手を出すと怖い目にあうことを読者に示すのを目的としているのかもしれません。つまり『水滸伝』は、江湖の世界の実態を反映し、江湖の世界の人々を受け手として想定している可能性があります。

それゆえ、女性構成員も男性の「好漢」と対等に扱われることになります。女性の「好漢」は三人、孫二娘・顧大嫂・扈三娘です。孫二娘と顧大嫂は、どちらも飲食店のおかみさんで、それぞれ張青・孫新の妻ですが、夫より存在感がある（解珍は孫新より顧大嫂の方が腕が立つとはっきり言っています）怖い大姐御といったところです。一方、扈三娘はよほど毛色が違います。彼女は双刀の使い手で、林冲にこそ及ばぬものの、武芸の腕は百八人の中でも上位にあるといってよさそうですが、豪農の娘、つまり良家のお嬢様で、楚々たる美女とされています。実は扈三娘は『水滸伝』全篇を通して、第五十五回で花栄に「私がかわって戦います」と声を掛ける時のただ一度しか口をきかないのです。これは良家の子女の慎ましさを表現したものかもしれません。

扈三娘を捕らえると、宋江は梁山泊に送って父の宋太公に預けます。他の者たちは、これは自分の妻妾にするつもりだろうと勘ぐるのですが、実は前に劉高の妻をあきらめさせた時、王矮虎にいい女性を世話してやると約束したことを守るため（第三十二・三十五回）、王矮虎と結婚させるのが目的でした。祝家荘が滅びる時、後先考えずに人を殺す李逵のせいで扈三娘の一家は兄を除いて皆殺しにされ、婚約者の祝彪も殺されます。その後すぐに王矮虎と扈三娘の結婚式が催されて、宋江は「有徳有義の士」だとみんな感じ入ったというのですが、扈三娘はどんな気持ちだったでしょう。まして相手は助平根性で自分に掛かってきて手もなく打ち負かされた王矮虎、百八人中の例外ともいうべき好色漢の道化的なキャラクターです（扈三娘のあだ名は「一丈青」で、意味ははっきりしませんが、もしかすると背が高いことをいうのかもしれません。だとすれば大きな妻と小さな夫という道化的組み合わせだった可能性があります）。

『水滸伝』には「宋江の義気が重いのを見て、断りかね、夫婦二人やむなく拝礼して感謝しました」とあります。二人とも「やむなく」ということは、王矮虎も自分より強い相手と結婚するのには気が進まない面もあったのかもしれません。「義気」の前には、個人の感情は後回しにされてしまうのです。その後扈三娘は、第五十五回では秦明・林冲・花栄・孫立と並んで騎兵部隊の指揮官に任じられて、彭玘を生け捕りにし、豪勇の呼延灼と互角に渡り合うなど、梁山泊の主戦力として大いに活躍するのですが、結局扱いは地煞星の一人に過ぎません。

梁山泊の「好漢」たちは、「義気」ゆえにジェンダーの枠組みを超えて結びついているように見えますが、やはり男性優位は動かないようです。そして、儒教倫理がしばしば人情を無視することを要求するのと同じように、「義気」も個人の感情を無視することを求めるのです。そこに巻き込まれた女性たちの運命を、悪女たちと女性「好漢」たちはそれぞれの形で示しているのかもしれません。

最後に余談を一つ。ずっと以前のことですが、中国の新聞に最近悪質な出版社が人をだますような本を出していてけしからんという記事が出ていました。その中に、「百五人の男と三人の女の物語」というのがあって、「これは真の愛情をうたいあげる名作で、中国四大奇書の一つだ」というので買ってみると、中身は『水滸伝』だったというのです。エロティックな話と思い込ませる作戦でしょうが、「真の愛情」はともかく、「百五人の男と三人の女」はある意味で『水滸伝』の実態を示すものといえないこともありませんね。

第五十一回　朱仝と雷横の梁山泊入り

祝宴の最中に雷横がふもとを通りかかったという報告があるので、山に迎えて仲間入りを勧めるが、雷横は老母がいるのでと断って鄆城県に帰る。雷横は妓女の白秀英が語り物を演じるのを聴きに行くが、財布を忘れて料金を払えなかったため侮辱され、白秀英の父をなぐった結果、白秀英と愛人関係にある新任知県に逮捕の上さらしものにされる。白秀英が老母をなぐるのを見た雷横は、はめていた枷で白秀英を打ち殺して済州に連行されることになるが、護送役の朱仝に逃がしてもらって、梁山泊に身を投じる。朱仝は責任を問われて滄州に流罪とされる。

滄州知府は朱仝が気に入り、四歳の息子が朱仝になつくので子守役を命じる。盂蘭盆の夜、知府の坊やを燈籠見物に連れて行った朱仝の前に雷横と呉用が出現する。仲間入りを断っている隙に坊やが見えなくなり、あわてて朱仝が探し回った末に、林の中で坊やが頭を割られて死んでいるのを見つける。犯人の李逵を追いかけてある屋敷に入ると柴進が現れ、宋江の依頼で呉用・雷横・李逵とともに朱仝を仲間入りさせようとしたのだと説明する。朱仝は仲間入りするには条件があると言う。

このくだりは、古くから『水滸伝』の中でも最も不快な部分として知られています。知府の坊やは、ひげの長い朱仝になつくとてもかわいい幼児として描写されていて、それが無残に殺されるという展開は実に衝撃的です。朱仝もおそらく坊やに愛情を持っていたようで、彼が李逵に対して激怒することには完全に共感できます。しかもそれが、朱仝を仲間入りさせるというだけの目的でなされた行為とあっては、目的と手段の落差の大きさに驚くしかありませんが、しかし考えてみれば、これは初めてのことではありません。第三十四回では、秦明を仲間入りさせるために、宋江たちが偽秦明に青州を襲わせて、その結果秦明の妻は殺されてしまいました。これは当事者である秦明にとっては、朱仝が坊やを殺されたことより更にむごい事実でしょう。しかし、秦明は黙って仲間入りし、朱仝も李逵だけは許せないと言いつつ仲間入りします。これが仲間の間の信義を他の何よりも重視する江湖の掟なのです。逆にいえば、そんな世界に巻き込まれた秦明の妻や知府親子はたまったものではありません。ここには、全く価値観を異にする二つの世界が交わった時に生じる悲劇が描かれているのです。

第五十二〜五十四回　高廉との戦い

朱仝は李逵を殺せば梁山泊入りすると言って李逵と争うので、やむなく李逵は柴進の屋敷で世話になることになる。柴進のところに、高唐州（済州の西）にいる叔父の柴皇城が、知府高廉（高俅の従兄弟）の義弟殷天錫に庭園を奪われて怒りのあまり危篤とのしらせがあり、柴進は李逵とともに駆けつける。柴皇城は都に行って皇帝に訴えるよう言い残して死ぬ。葬儀を営むところに、殷天錫がやって来て横暴な振る舞いをするので、怒った李逵がなぐり殺してしまう。柴進が李逵を梁山泊に逃がしたところに高廉が現れ、柴進を打って投獄する。李逵が梁山泊に着くと、宋江は李逵に命じて、朱仝にわびを入れさせる。そこに柴進が捕らわれたとの報せが届くので、宋江が二十二人の頭領を率いて高唐州に出撃、高廉と対陣するが、高廉が妖術で呼んだ風のため敗走する。再度出撃した宋江は、天書にあった風を返す術を使うが、高廉は今度は猛獣を呼

＝び出して宋江を破る。高廉が更に夜襲を掛けてきたところを、伏兵が矢を射かけて負傷させ、両軍は膠着状態になる。（第五十二回）

『水滸伝』はリアリズムを基本にしています。たとえば豪傑たちの超人的な活躍を描く時でも、第二十三回で武松が虎を退治する前にさんざんためらったり、倒した後力が抜けてしまうことに見られるように、現実離れした描写はしません。だから絵空事という感じがあまりしないわけで、これは『西遊記』や『封神演義』とは全く異なる点です。ただここからの数回は例外で、高廉と公孫勝の妖術が大いに描かれます。容与堂本の李卓吾批評はこれが気に入らないようで、あちこちに「夢物語」と書き込んでいます。変化をつけるためにこういう部分が必要になったのかもしれませんね。なお、これから続々と登場する官軍の大将たちはみんな負けると梁山泊に仲間入りするのですが、高廉は例外です。これはおそらく大悪役高俅の従兄弟だからでしょう。

＝呉用は、高廉を破るには公孫勝を呼び戻すしかないと提案、戴宗と李逵が行くことになる。戴宗は道中精進を守ると約束させるが、こっそり李逵が酒と肉を飲食するのを見て、こらしめるため神行法が止まらなくなったと称してさんざんな目にあわせるので、李逵もおとなしく戴宗の言うことを聞くようになる。薊州で公孫勝が二仙山の羅真人のもとにいるという情報を得た二人は公孫勝の家を訪ね、李逵が公孫勝の母を襲うふりをして公孫勝を誘い出す。宋江の危機を聞いた公孫勝は羅真人が承知してくれたら行くと言うが、羅真人は認めない。その夜李逵が羅真人を襲ってまさかりで頭をたたき切ると白い血が出る。ところが翌朝、公孫勝・戴宗・李逵が訪れると羅真人が出てくるので李逵はびっくり仰天。羅真人は李逵の顔に免じて行くことを許すと言い、すぐ高唐州に送ってやると言って手ぬぐいを雲に変え、李逵を中空に上げておいて、おまえが斬ったのはひょうたんだったと明かした上で薊州の役所に転落させるので、李逵は妖人として投獄される。戴宗の哀願を受けて羅真人は李逵を連れ戻すと、公孫勝に行くことを許す。

（第五十三回）

戴宗と李逵の珍道中や、牢屋で李逵が、実は自分は羅真人の配下で、ちょっと失敗があってここに落とされただけだから、ご馳走してくれないとおまえらは一家全滅だぞとおどして貢がせるくだりなど、全体にユーモラスな筆致が目立ちます。いわゆるコミック・レリーフに当たる息抜きの場面といってよいかもしれません。

公孫勝と李逵が先行した戴宗を追って旅する途中、李逵が鉄槌を使ってみせる大男を見て、進み出て軽々と使ってみせると、その大男は李逵に拝礼して鍛冶屋の湯隆と名乗るので、同行させることにする。三人が到着すると、宋江は早速高唐州城に攻め寄せて高廉と対陣する。高廉は猛獣を出すが、公孫勝が呪文を唱えると猛獣は切り紙に変わってしまい、敗れた高廉は城内に逃げ込む。夜討ちを予期して待ち受けるところに、高廉が風を起こして襲ってくるが、公孫勝の雷に打たれて壊滅、また城内に逃げ込む。

高廉は近隣の州に救援を求めるが、呉用は使者を行かせておいて、援軍が来たと見せて高廉を誘い出す。追い詰められた高廉は雲に乗って逃げようとするが、公孫勝に術を破られて転落、雷横に殺される。高唐州城に入った宋江たちが柴進を捜すと、涸井戸に入れられていることが判明、李逵が井戸の中に下りて救出する。高廉が殺されたことを知った高俅は、徽宗皇帝に梁山泊を伐つよう進言し、呼延灼を推挙、徽宗は呼延灼に名馬踢雪烏騅を賜る。

（第五十四回）

祝家荘の終わりからここまで、李逵の活躍が目立ちます。戴宗に隠れてこっそり飲み食いしたり、羅真人を殺しに行ったりして後で懲らしめられるところでは、自分では賢いと思っている李逵の行動とその結果の落差が笑えますが、扈家荘を皆殺しにしたり、いきなり殷天錫(いんてんしゃく)をなぐり殺して柴進(さいしん)を破滅させたりするのは笑い事ではありません。

もっとも、自分の行動には自分で責任を持つという気持ちはあって、井戸の底に柴進がいるとわかると、そこまで下りることを志願します（井戸の底に取り残される喜劇的な展開が後にあります）。要するに彼は自分の本能の命じるまま、その時よいと思うこと（正しいと思うことではありません。正しいかどうかという観念はあまりないようです）を実行するだけなのです。「よいと思うこと」の中には絶対的に信頼する人からの命令も含まれます。何も考えず実行した最悪の結果が、坊や殺しということになるでしょう。

第五十五〜五十八回　呼延灼との戦い

呼延灼は副将として韓滔・彭玘を推挙、二人の到着を待って出発、迎え撃つ宋江らと戦う。緒戦で扈三娘が彭玘を生け捕りにし、宋江は彭玘を鄭重に扱って仲間入りさせる。呼延灼は、馬も人間も全身を甲冑で覆ってお互いを鎖でつなぐ連環馬を用いて攻撃してくる。弓矢も通用せず、宋江たちは大敗して梁山泊に逃げ込む。呼延灼は高俅に勝利を報せるとともに、水に囲まれた梁山泊を攻撃するため大砲の名手凌振の派遣を要請する。凌振の砲撃にあった呉用は李俊ら水軍に命じて、わざと凌振に船を奪わせ、漕ぎ出たところで水中から船を沈めて凌振を生け捕りにする。宋江の鄭重な要請を受けた凌振は仲間入りを承諾する。（第五十五回）

ここで大砲が出てきますが、これは厳密には時代錯誤で、北宋では「砲（炮）」といえば投石機のことです。大砲の出現時期は確実ではありませんが、南宋の頃という説があり、少なくとも元代には存在したようです。従って北宋末に大砲が出てくるはずはないのですが、実はなおさら大砲などありえないはずの『三国志演義』にも「一声砲響」といった表現が見えるのです。これは明代の実態を反映したものでしょう。『水滸伝』は全体に南宋の制度をよく反映していて、時代錯誤は少ないのですが、軍事面でこうした矛盾が出るのは、『三国志演義』『水滸伝』が明代に軍事を学ぶ参考書として使用されていたため、当時の実態に合わせたという側面があるのかもしれません。少なくとも『三国志演義』については、張献忠（ちょうけんちゅう）などの反乱者や満洲族が戦争のテキストとして使用していたという記録があります。実際に用いる戦術テキストであれば、当時重要な兵器だった大砲が出てくるのはむしろ当然ですね。『水滸伝』『三国志演義』を刊行したのは、明代後期嘉靖（かせい）年間の軍の大立者だった武定侯郭勛（ぶていこうかくくん）でした。実はこの両書は、実用書としての側面も持っていたようです。

二　鍛冶屋の湯隆（とうりゅう）は、鉤鎌槍（こうれんそう）を使えば連環馬（れんかんば）を破ることが可能で、作り方なら知っているが、使い方は禁軍槍術師範の徐寧しか知らないと言う。そこで徐寧を仲間入りさせるために、時遷が徐寧秘蔵の雁翎甲という鎧を盗みだし、湯隆が偶然訪問した態で鎧の箱を持った者を目撃したと言って誘い出しておいて、楽和が偶然出会ったふりをして、梁山泊近辺まで来たところでしびれ薬入りの酒を飲ませ、梁山泊に徐寧を連れ込んで無理矢理仲間入りさせる。（第五十六回）

ここは時遷の見せ場です。盗み方が非常にリアルに書かれていますが、『酔翁談録』によれば、南宋の芸能には怪盗の活躍を描いた「好児趙正（二枚目趙正。その内容は短篇集『古今小説』所収の「宋四公大鬧禁魂張」からわかります）」という話があったようですし、明代には詐欺の手口を描いた『杜騙新書』などが出ていて、犯罪物は人気があったようです。時遷は百八人の百七番目ですが、大きな存在感を持っています。

徐寧は梁山泊の者たちに鉤鎌槍の使い方を授け、連環馬が押し寄せてきたところで、鉤鎌槍で馬の脚をすくって打ち破り、韓滔は捕らえられて仲間入りす

る。単騎逃れた呼延灼は、青州の慕容知府に身を寄せようとして、泊まった飲み屋で皇帝から賜った名馬踢雪烏騅を盗まれる。桃花山の李忠・周通の仕業と知った呼延灼は、慕容知府に軍を借りて桃花山に向かう。呼延灼に歯が立たないと見た李忠・周通は二龍山に救いを求める。この時には施恩・曹正・張青・孫二娘も二龍山に仲間入りしていたので、魯智深・楊志・武松は彼らを留守に残して出撃する。呼延灼が魯智深・楊志の手並みに舌を巻くところに、慕容知府から白虎山の孔明・孔亮が青州を襲ってきたとの報せがあり、呼延灼は戻って孔明を生け捕りにする。逃れた孔亮は武松と出会って救いを求める。

（第五十七回）

鉤鎌槍は片鎌槍で、鎌になったところで馬の脚を引っかけて倒すようです。久々で魯智深以下が登場して、いよいよ主要メンバーの勢揃いとなります。

＝

楊志の提案で梁山泊に救援を求めて孔亮を派遣することになり、これを承けて宋江が頭領二十人で出撃、武松が魯智深以下を宋江に引き合わせる。呉用は、呼延灼を捕らえるなら力ではなく知恵を使わねばと策を立て、宋江・呉用・花栄がおとりになって呼延灼をおびき寄せ、落とし穴に落として捕らえる。呼延灼も宋江の説得に応じて仲間入りし、早速脱出したと称して青州の城門を開かせて一同を城内に導き入れる。孔明を救出し、秦明は慕容知府を殺して妻の仇に報いる。二龍山・桃花山・白虎山はそれぞれのとりでを焼いてみな梁山泊に合流し、呼延灼も含めて十二人の頭領が加わる。魯智深は少華山にいる史進・朱武・陳達・楊春も仲間入れさせたいと申し出て、武松とともに少華山に赴くが、朱武によれば、史進は華州の賀知州の暴虐に怒って暗殺に向かったが逆に捕らえられたとのこと。怒った魯智深は武松たちが止めるのを振り切って賀知州を殺しに行くが、知州に見破られて捕らえられてしまう。（第五十八回）

呼延灼・韓滔・彭玘がみんな捕らえられるとあっさり降参して仲間入りしてしまうのはいかにも無節操に見えますし、呼延灼が早速青州に行って、今まで自分を信頼して親切にしてくれた慕容知府をだまして城門を開けさせるに至っては、言語道断の行動と感じられます。秦明は妻の仇と慕容知府を殺すのですが、これももとをただせば宋江の企みから起きたことで（第三十四回）、慕容知府からすれば筋違いな逆恨みというところでしょう。これらは、江湖の世界とその他の定住民社会の倫理感が異なっていることを示すものです。呼延灼たちがあっさり降参するのは、宋江の「義気に感じた」からです。つまり、敗れて捕虜になった自分に対して、自ら縛めを解き、跪いてわびを言う態度にほれこんで、自分の兄貴分にふさわしい人間と認めた結果、江湖の世界では仲間の結びつきがすべてに優先するという原則に従って、他のあらゆるしがらみを切り捨ててしまうのです。

呼延灼の行動は、宋江たちの集団にとっては完全に正しいものですし、秦明の妻を死に追いやった宋江の行為もやむをえないものとして是認されます。慕容知府は文官という江湖の世界とは最も遠い存在ですから、同情の余地のない相手ということになります。こう考えれば、慕容知府も滄州知府の坊やと同様、江湖の世界に外部の人間が接触した結果生じた被害者ということになるかもしれません。

第五十九回　華山物語

様子を見に来ていた戴宗が魯智深が捕らえられたことを急報し、宋江は軍を率いて少華山に赴く。難攻不落の華州城を前に考えあぐねていたところに、朝廷から華山に金鈴吊掛（金の鈴を吊し七宝をちりばめた飾り物。華山は五嶽の一つの西嶽に数えられる霊山）を奉納する勅使がくるとの情報があり、勅使の太尉宿元景の船を待ち伏せして強制的に金鈴吊掛を借り受けた上で、

一同が勅使に変装して西嶽廟に到着、知州を呼び出して殺し、城内に斬り込んで史進と魯智深を救出した後、宿元景に金鈴吊掛などを返して謝罪した上で梁山泊に帰る。そこに徐州芒碭山の樊瑞・項充・李衮が梁山泊を併呑しようとしているとの報せがあり、新入りの史進・朱武・陳達・楊春がいいところを見せようと出撃するが、項充の飛刀と李衮の投げ槍に破られて退いたところに、宋江が呉用・公孫勝らとともに援軍を率いて到着する。

後先考えずに突っ込んでいく魯智深と、冷静に状況を判断してそれを制止しようとする武松の対比が印象的です。これ以降二人はコンビを組むことになるのですが、ここで見る限り武松の方が豪傑としては上のようです。でも本当にそうなのでしょうか。結末をお待ちください。

第六十回　曽頭市（一）

公孫勝の指図で宋江らが八陣を組んで待つところに樊瑞らが出撃、樊瑞は妖術を使って風を起こして項充・李袞を斬り込ませるが、公孫勝に術を破られ、項充・李袞は陣から出られずに捕らえられる。宋江の誘いを受けた二人は仲間入りし、樊瑞の元に戻って説得、三人はとりでを焼いて梁山泊に加わる。梁山泊に帰り着いたところに馬泥棒の段景住が現れ、玉獅子という名馬を手に入れて宋江に献上しようと連れてきたところ、凌州（この地名は以下頻出しますが実際には存在しません。元代に陵州があり、済南の西北の徳州陵県に当たります。この地かもしれません）の曽頭市で奪われてしまったと言う。

戴宗を偵察に派遣すると、曽頭市では曽長官のもと、曽家五虎と呼ばれる五人の息子と武術教師の史文恭・蘇定が五千人以上の人馬を集めて梁山泊を伐つと言っているとのこと。怒った晁蓋は自ら頭領二十人で出撃するが、なかなか勝つことができず、焦慮のあまり、抜け道を教えると申し出た僧侶の誘いに乗って敵の罠にはまり、「史文恭」と名を記した毒矢を顔に受けてしまう。梁山泊に戻った晁蓋は、自分を射た者を捕らえた人間が梁山泊の主になれと遺言して死ぬ。林冲は呉用・公孫勝と相談して宋江を新たな大頭目に推すが、宋江は晁蓋の遺言を理由に引き受けようとせず、とりあえず仮の大頭目になる。宋江は、北京の僧から河北玉麒麟と呼ばれる富豪盧俊義の名を聞いて仲間入りさせようと思いつく。

この回は梁山泊の主が晁蓋から宋江に変わるという大きな転換点です。宋江の入山以来、高廉・祝家荘・華山・芒碭山、すべて宋江が総大将として出陣していました。必然的に晁蓋の影は薄くなります。集まった豪傑たちも、清風山の花栄たちにせよ、江州の戴宗・李逵・李俊・張順たちにせよ、みんな宋江と結びつきが深く、晁蓋とは関係の浅い人々です。そうした中で晁蓋がどうあってもと出陣したのは、自分の地位が低下したことを意識したためかもしれません。

彼が矢に当たることになる夜討ちに従ったメンバーは、劉唐・阮氏三兄弟・呼延灼・欧鵬・燕順・杜遷・宋万・白勝でした。呼延灼・欧鵬・燕順を除けば、生辰綱の八人のうち五人と、晁蓋が梁山泊の大頭目になった時すでにいた二人という、当初から晁蓋の仲間だった面々です。逆にいうと彼はこの顔ぶれ以外を心から信頼することはできなかったのかもしれません。晁蓋が死ぬことで、自然な形で梁山泊の大頭目の地位は、実権を握っていた宋江に移ることになります。

もう一つ、曽頭市の話は祝家荘にとてもよく似ています。実は元雑劇では晁蓋は「三打祝家荘」で死んだとなっているのです。どうやら元来祝家荘の話しかなかったものが二つに増やされたようです。中国史の大家宮崎市定氏は「水滸伝的傷痕」（『宮崎市定全集』第十二巻（岩波書店、一九九二）所収）で、これは新しい話を増やすために一つの話を二回繰り返す形にして、間に新しい話を増やしたのだろうと言っています。これはもっともな意見だと思われます。ここで増やされたのは高廉・呼延灼・盧俊義物語ということになるでしょう。魯智深たちと盧俊義・燕青の仲間入りの話を盛り込むためでしょうね。一旦曽頭市の話は中断されて、盧俊義物語に移行します。

第六十一～六十六回　盧俊義物語

呉用は自分が盧俊義を説得すると言って同行者を募ると李逵が志願するので、禁酒と口をきかぬことを条件に許可する。珍道中の末、北京大名府に到着した呉用は占い師、李逵はお供の童子の姿をして、見料銀一両と称して盧俊義の屋敷のまわりをうろつくと、見料の高さに興味を感じた盧俊義は招き入れる。呉用は東南千里の地に行かねば命を落とすと見立てる。盧俊義が番頭の李固と腹心の燕青に災いを避けるため商売に出る相談をすると二人は反対、妻の賈氏も止めるが、盧俊義は聞かず、李固を連れて出発する。梁山泊の近くに来て、こっそり行くよう助言された盧俊義は、逆に強盗どもを捕まえるという旗を立てて進むので、李固たちは泣きながら従う。そこに李逵が現れ、だまされたと悟った盧俊義は斬りかかるが、次々に現れる新手に誘い込まれるうちに荷物と供の者たちを奪われ、船で逃げようとしたところを船頭に変装した李俊に捕らえ

られてしまう。（第六十一回）

盧俊義物語で一番の問題は、そもそもなぜ盧俊義を梁山泊入りさせねばならないのかです。これまで梁山泊に加わったメンバーは、元来がアウトロー、もしくは林冲のように一般社会に身の置き所を失って身を寄せるのが普通でした。官軍が攻め寄せてくるようになると、捕らえられた武将が仲間入りするパターンが増加しますが、これも追い詰められた末という点では同じでしょう。もっとも徐寧のように必要上無理に仲間入りさせたり、李応のように欺いて仲間入りさせたり、強引な事例も増えてはきます。しかし、盧俊義は北京大名府で富豪として平和に暮らしているわけで、梁山泊入りせねばならない必然性は皆無といってよいでしょう。それを手の込んだ術策を弄して無理矢理仲間入りさせようとして、最後には北京が火の海になるという大変な事態を引き起こしてしまうのは謎です。

これは、盧俊義が重んじられるべき理由を示す物語が必要だったからでしょう。盧俊義は『大宋宣和遺事』では、「李進義」という名で太行山組のリーダーとしてナンバー2の地位にありました。しかし太行山の物語が楊志関係を除いて消滅してしまったため、新たな物語が必要になったわけですが、それは彼が宋江に次ぐ地位に就く理由を示すものでなければなりません。そこでこの大層な物語ができたのではないかと思われるのですが、それにしても不自然の感があるのは否めません。なお、占い師から災難を避けるために遠くに行かねばならないと言われて旅に出て、その結果恐ろしい災難にあうというのは、元雑劇などに非常に多く見られるパターンです。読者はみんなこのパターンを知っているという前提で、この展開が導入されたと見るべきでしょう。

なお、ここで『水滸伝』随一の人気キャラクター、二枚目で文武双全の燕青が登場しますが、この人については後で述べることにしましょう。

宋江たちは盧俊義を歓待して仲間入りを持ちかけるが、盧俊義は強く断る。呉用はしばらく滞在するよう求め、先に帰すことにした李固に盧俊義はもう仲間入りしたと吹き込む。長く引き留めた末に解放された盧俊義が北京に戻ると、

ボロボロの服を着た燕青に出会う。燕青は、李固が賈氏と一緒になって盧俊義が梁山泊に仲間入りしたとお上に訴えて、財産を横領して自分を追い出したと告げるが、盧俊義は信じずに家に帰って捕らえられ、梁中書のもとに連行される。李固は牢番兼死刑執行人の蔡福・蔡慶兄弟に金五百両を贈って牢内で盧俊義を始末させようとするが、続いて現れた柴進が金千両渡した上で脅迫していくので、蔡兄弟が相談の上、柴進から受け取った金を梁中書以下にばらまいた結果、盧俊義は棒打ち・入れ墨の上、沙門島（山東の沖にある流刑地）流罪という判決を受け、かつて林冲を護送した董超・薛覇が護送することになる。

李固の依頼を受けた董超・薛覇が、林冲の時と同じやり方で盧俊義を虐待し、いよいよ盧俊義を殺そうとした瞬間、矢が飛んできて二人を倒す。矢を放ったのは燕青で、盧俊義を背負って逃げるが、燕青がおかずにする鳥を狩りに行っている間に盧俊義は捕まってしまう。燕青は梁山泊に報せに行く路銀を得ようとして通りかかった二人組を襲うが、それは様子を探るため派遣された楊雄と石秀だった。楊雄は燕青を連れて梁山泊に向かい、石秀は北京を探りに行くと、

＝これから盧俊義の死刑執行だというので……。

この後のくだりは原文を見ましょう。

石秀は聴き終えて、処刑場に来て見ると、十字路の口に酒楼がありました。石秀はすぐに酒楼に上がると、通りに面した小部屋に腰を下ろします。店員が来て、「お客様どなたかにご馳走されるのですか、一人で飲まれるんですか」。石秀は怖い眼をむいて申します。「大碗の酒と大きな塊の肉、とにかく持ってこい。ぐだぐだ聞くんじゃない」。店員はびっくりしながら、酒二本と大皿盛りの牛肉を持って来ましたので、じっと飲み食いします。石秀は大碗でひとしきり飲みました。すわっていくらもしないうちに、聞こえてまいりましたのは下の通りのにぎやかな騒ぎ。石秀がすぐさま二階の窓から外を見れば、どの家も戸を閉めて、店も口を閉じています。店員が上がってきて申します。「お客様酔ってしまわれましたね。下でお裁きがございますから、早く勘定をすませて、ここから離れてよそに行ってください」。石秀、「おれが怖がったりするかよ。とっとと下りろ、おれさまにぶんなぐられたいか」。店員は声も出せずに下りていきました。

いくらもしないうちに、通りから銅鑼太鼓が天まで届かんばかりに響いてまいります。（中略）石秀が二階の窓から外を見ますと、十字路の口にぐるりと刑場を囲って、十何人かの刀と棒を持った首斬り人が前後にひしめき合いつつ、盧俊義を酒楼の前まで引き立ててきて跪かせます。鉄臂膊（「鉄の腕」という意味の綽号）の蔡福は首斬り刀を手に持ち、一枝花（いつも花を身につけていることに由来する綽号）の蔡慶は枷を支えて申します。「盧の旦那、しっかりしなさい。おれたち兄弟があんたを助ける手立てがなかったってわけじゃあないんだが、まずい成り行きになっちまったんだ。前のお堂の中にもうあんたの場所を用意しといたから、あんたの魂はあそこで受け入れてもらえるよ」。言い終えると、人混みの中から一声「午の三刻（正午）になりました」という叫びがあがって、枷がはずされました。蔡慶がはや頭をしっかり押さえると、蔡福ははや首斬り刀を抜いて手にします。担当の胥吏が大声で処刑理由を書いた札を読み上げると、みなは一声唱和いたしました。

二階の石秀は、この唱和する一声の中で、刀を引き抜いて手にすると、声に応じるが如く大音声に「梁山泊の好漢一同ここに勢揃いだ」と叫びます。蔡福・蔡慶は盧俊義を放り出して、縄を引きずって先に逃げます。石秀は二階から跳び下りると、鋼の刀を振り上げて、瓜や菜を切るように人を殺します。逃げ遅れた者を十何人か斬り倒し、片手で盧俊義をしかと引っぱると、南めがけて逃れました。

残念ながら石秀は北京の道筋がわからず、盧俊義は呆然となって足が動かず……というところで第六十二回は終わります。普段は人当たりのいい石秀が恐ろしい形相になり、たった一人で二階から跳び下りて斬り込んでいくところは、「拚命三郎（命がけの三郎）」の面目躍如たるものがありますが、前の冷静沈着、用意周到な石秀とは別人の感があります。しかし、そこからは一面的ではない深みのある人間像が浮かび上がってきます。この二つの側面が同居している恐るべき人物こそが石秀なのです。『水滸伝』の人物描写の深さをここから見て取ることができるでしょう。

石秀と盧俊義は捕まってしまう。翌日、二人に手出しすれば北京を襲撃するという梁山泊のビラが町中にまかれたのを見た梁中書は、大名府の王知府の意見を聞いて二人を処刑しないことにする。都監の李成・聞達と配下の索超が待ち受けるところに宋江が襲来、索超は韓滔の矢に傷つき、敗れた李成たちは籠城する。危急を告げられた蔡京は、関勝・宣賛・郝思文の三将に一万五千の軍

を率いて救援に赴かせる。関勝は北京に行かず、梁山泊を衝くべく出撃する。

（第六十三回）

報せを受けた宋江は梁山泊に兵を返し、伏兵を布いて、追撃してきた李成らを破って梁山泊に着く。知らせを聞いた張横は、張順の諫めを聞かず関勝に夜討ちを掛けて捕らえられ、水軍一同が救いに行くが、襲った陣営はもぬけの殻、阮小七が捕らえられてしまう。翌日、先祖関羽そっくりの関勝の威風を見た宋江は、林冲と秦明が関勝を倒しそうになったのを見て引かせる。関勝が考え込むところに呼延灼が内通を申し出て、黄信を倒してみせるので、信頼した関勝は呼延灼の手引きで夜討ちに向かうが、罠にはまり、熊手で引き落とされて、宣賛・郝思文ともども捕らえれる。関勝たちは宋江の鄭重な態度に感じて仲間入りし、自ら先鋒となって北京を襲う。雪の中迎え撃つ索超は、李俊に誘い込まれて落とし穴に落ちる。

（第六十四回）

関勝は関羽の子孫という設定です。このパターンは多いのですが、詳しいことは後のコラムでお話ししましょう。

索超も仲間入りする。なかなか北京を落とせず、悩んでうたた寝した夢枕に晁蓋が現れ、宋江には江南の地霊星しか救えない百日間の災いがあるので兵を引けと告げる。翌日宋江は背中に腫れ物ができて倒れる。かつて母が同じ病になったとき、建康府（今の南京）の安道全が治してくれたという張順の言葉に、江南の地霊星とはその人かと、招くため張順を派遣することになる。張順は長江を渡ろうとして賊の船に乗ってしまい、水中に落とされるが、無事岸に泳ぎ着いたところでかねて宋江を慕っていた王定六とその父に助けられ、賊が張旺だと知る。安道全は行くことを承知するが、なじみの芸者の李巧奴に引き留められるので、張順がいらだっていると、安道全が酔い潰れた隙に李巧奴のもとに現れたのは張旺。怒った張順は、張旺こそ取り逃がすが、李巧奴の一家を皆殺しにして、壁に血で「殺したのは安道全だ」と書き付けるので、安道全も行

かないわけにはいかなくなる。王定六から張旺の船を教えられた張順は、安道全・王定六とともに乗り込んで、長江の真ん中で張旺を縛って水中に投げ込み、迎えに来た戴宗に安道全を託す。神行法で駆けつけた安道全は十日と立たぬうちに宋江を治癒し、再び北京を攻撃することになる。（第六十五回）

ここで突然江南を舞台にした世話物的な一幕が挿入されます。物語が単調にならないための工夫でしょうね。少々話が都合よすぎる嫌いはありますが。

呉用は元宵節の灯籠祭に乗じて北京を襲撃することを提案し、時遷が翠雲楼という大きな酒楼に火を放つのを合図に定めて、頭領たちは手配りの上、変装して城内に潜入していく。梁中書は、包囲中ゆえ今年の灯籠祭を取りやめようとするが、弱みを見せることになるという聞達の意見で実施が決まる。元宵節当日、柴進と楽和が蔡福・蔡慶を訪れて牢に手引きさせ、時遷は火を放つ機会を狙う。真夜中に城外で聞達が敗れ、梁山泊の軍が寄せてきたという報告があって、梁中書があわてて馬の支度を命じた時、翠雲楼が燃え上がり、梁山泊の者どもが暴れ始める。李成は梁中書を守って血路を開き脱出するが、王知府は劉唐と楊雄に打ち殺され、梁中書と王知府の一家は皆殺しになる。柴進たちが牢から盧俊義と石秀を救い出すと、盧俊義はまっすぐ屋敷に李固と賈氏を捕らえに向かう。李固と賈氏は逃げようとするが、燕青と張順に捕らえられる。梁中書・李成・聞達が逃れるところに、樊瑞らが現れて行く手をさえぎるが……。

（第六十六回）

コラム　「子孫」と「もどき」たち

関勝は『三国志』の関羽の子孫という設定で、実際得物が青龍偃月刀（大長刀）であること、長いひげにナツメ（紅棗という品種です）のような赤い顔であること、陣中で書を読むこと（関羽は『春秋左氏伝』を愛読していました）など、関羽そのままといって差し支えありません。しかし元雑劇「争報恩」に登場する関勝は、金に困って犬肉を売っているという実に冴えないキャラクターです。『大宋宣和遺事』では関勝は花石綱運搬十二人組の一人ですから、そもそも官軍の将として梁山泊に攻めてくるという設定自体新しいものに違いありません。『大宋宣和遺事』でも関勝のあだなは「大刀」ですから、おそらく関羽と同姓で同じように大刀を使うというだけのキャラクターだったものが、梁山泊における席次が高いこともあって、関羽の再来という重々しい人物に変わったのでしょう。

実は有名武将の子孫とされるのは関勝だけではありません。楊志が楊家将の一族であることはコラム「楊志と梁中書の謎」で述べたとおりですし、呼延灼も北宋初期の武将呼延賛の子孫とされます。呼延賛とその一族についても、「呼家将」と呼ばれる物語群がありました。このようにむやみに名将の子孫が出てくるのは、他にも「薛家将」など、「家将物」ともいうべき武将の系譜の物語が、民間で広く知られていたことと関わるものでしょう。

更に有名な豪傑に似ていると自認する、「もどき」というべき豪傑も数多くいます。「豹子頭」というあだなの林冲が、元来は張飛もどきだったはずというのはコラム「林冲の謎」でお話しした通りです。あだ名を「病関索」という楊雄は関索もどきなのでしょう。関索は、一九六七年に上海近郊の墳墓から発見された語り物テキスト『花関索伝』によれば、関羽の生き別れの息子で、小柄な美少年だが超人的な能力の持ち主です。彼は広く知られていたらしく、北宋末当時「病関索」「賽関索」という綽名の武将がいたことが記録に見えますし、明代には「関索」と名乗る反乱のリーダーもいました。「病」がつく理由はよくわかりませんが、顔色が悪いのでしょうか。残念ながら楊雄のどのあたりが関索に似ているのかはよくわかりません。

その点、「小温侯」の呂方は『三国志』の呂布（「温侯」は呂布の爵位）を慕って同じ得物の方天画戟を稽古したと自分で言っていますし、「賽仁貴」の郭盛も明言はしませんが、白袍で知られた唐の武将薛仁貴（薛家将の元祖です）と同じ色の服を身につけていることから考えても、自覚的に真似をしているのでしょう。「病尉遅」の孫立と「小尉遅」の孫新の兄弟は、唐の武将尉遅敬徳もどきになります。尉遅敬徳は全身黒ずくめで一振りの鉄の鞭を使う武将で、第五十五回で孫立はその通りの恰好で登場して呼延灼と一騎打ちするのですが、呼延灼の鞭が二本なのを除けば（あだなは「双鞭」です）、両人の出で立ちはほとんど同じと書かれています。実は呼延灼の先祖という呼延賛自体が尉遅敬徳もどきだったので、呼延賛もどきの呼延灼も尉遅敬徳と同じ出で立ちということになるのです。「もどき」が積み重ねられて『水滸伝』でそっくりさんが対戦となるのも面白いところですね。

なお、明記されてはいませんが、呼延灼の副将韓滔・彭玘は、おそらく漢建国の功臣韓信・彭越から来たものでしょう。「韓彭の勇」といった言い方は多く見えます。

『水滸伝』は、長い歴史の間に積み重ねられたおびただしい数の物語の中で生み出されてきたものなのです。昔の読み手（もしくは聞き手）は「もどき」たちが登場すれば、たちどころに一定のイメージが湧いたはずです。今日の私たちも、そのことを知って読むとまた新しい味わいが生じてくるかもしれません。

第六十七回　水火二将

梁中書たちは脱出に成功する。梁山泊に戻った宋江は盧俊義に地位を譲ろうとするが、盧俊義は固辞し、李逵や武松は反発する。盧俊義は李固と賈氏を切り刻む。北京に戻った梁中書の報告を受けた蔡京は、招安（山賊を投降させて官軍に編入すること）を主張する趙鼎を免職処分にし、凌州にいる水攻めを得意とする単廷珪と、火攻めを得意とする魏定国の二将に梁山泊攻略を命じる。関勝は宣賛・郝思文と凌州に出撃するが、関勝を信用できない呉用は林冲・楊志らを後詰めに送り出す。

李逵が自分も行きたいと言って宋江に叱られてへそを曲げ、単身山を下りたので、心配した宋江は時遷たちに行方を捜させる。路銀を忘れた李逵は、梁山泊に仲間入りに来た韓伯龍をそれと知らずに殺して金を奪う。その後偶然出会った相撲の達人焦挺を仲間に入れ、そこに追いついた時遷に事情を説明して、焦挺が身を寄せるつもりだった枯樹山の鮑旭を仲間入りさせに向かう。一方、単と魏の二将は関勝の説得を聞かず、闘って宣賛・郝思文を捕らえるが、護送中に李逵・鮑旭・焦挺が現れて二人を救出する。単廷珪は関勝に敗れて降り、凌州城に立てこもる魏定国も関勝の説得を受けて降る。凱旋してきたところに、馬を買いに行っていた段景住が駆けつけ……。

ここで突然登場してあっさり殺されてしまう韓伯龍という人物は、いわれなく登場するわけではありません。明の宮廷で上演されていた雑劇の中に「梁山五虎大劫牢」という作品があって、韓伯龍という富豪の豪傑を仲間入りさせるため李応を派遣、韓伯龍は魯智深・武松らに誘い込まれて梁山泊に捕らわれるが仲間入りを拒否、しかし戻ったところを官軍に捕まってしまい、李応たちが救出して仲間入りさせるという内容なのです。妻が裏切るという展開がないことを別にすれば、盧俊義物語とほとんど同じストーリーなのは一目瞭然ですね。確かなことはわかりませんが、北曲雑劇であること、李応が燕青のような頭の回転の速い若者になっていることから考えて、これは『水滸伝』の中核部分とは系統を異にする北方系の物語で、『水滸伝』の盧俊義物語はこれを取り込んで韓伯龍を盧俊義に差し替えたのかもしれません。もしそうであれば、ここで登場する韓伯龍は、かつて重要登場人物だったキャラクターの抜け殻ということになります。

第六十八回　曽頭市（二）

段景住は、買い集めた馬を郁保四が奪って曽頭市に運んで行ったというので、怒った宋江は攻撃に向かう。曽頭市は落とし穴を掘って待ち受けるが、潜入した時遷が落とし穴の位置を確認し、反対に曽頭市側が落とし穴に落ちる。曽家五虎のうち曽塗は花栄に射られて死に、更に夜討ちを見破った呉用の伏兵に遇って曽索も解珍に倒される。曽長官が和議を持ちかけるので、宋江は時遷・李逵・樊瑞・項充・李袞を人質として送り、曽頭市は曽昇・郁保四を人質に送って馬を返すが、玉獅子は史文恭が自分の乗馬だと言ってなかなか返そうとしない。宋江と呉用は郁保四を抱き込んで仲間入りさせ、彼に逃れてきたふりをさせて、宋江は馬がほしいだけで講和の意思はないと曽頭市に伝えさせる。史文恭たちは夜討ちを掛けるが、待ち受けていた宋江たちの罠にはまって壊滅、魯智深らが四方から突入し、人質になっていた李逵たちも暴れ出して、曽長官は自害、他の者も討たれる。史文恭は玉獅子を飛ばして逃れるが、晁蓋の魂に取り付かれ、盧俊義と燕青に出くわして捕らえられる。宋江は史文恭を殺して晁蓋の霊を祭り、晁蓋の遺言に従って盧俊義を梁山泊の主にすると宣言するが、盧俊義は辞退し、呉用の目配せを受けた李逵・武松・劉唐・魯智深たちも猛反対する。

宋江が盧俊義に大頭目の座を譲ろうとするのは本心かどうか、なかなか微妙なところですね。少なくとも『水滸伝』の本文では本心のように書いてありますが、批評では、意地悪な金聖歎ならずとも、裏で呉用と気脈を通じていると見る向きが多いようです。

第六十九・七十回　東平府・東昌府攻略

宋江は、自分と盧俊義が東平府と東昌府を伐ち、先に落とした方が大頭目になることを提案、くじで宋江が東平府、盧俊義が東昌府を引き当てる。東平府の兵馬都監董平は二本の槍を自在に操る勇将と聞いた宋江は、降伏を勧めるため巨漢の郁保四と小男の王定六を遣わすが、董平は二人を棒で打って返す。史進が東平府にはなじみの妓女李瑞蘭がいるので、潜入して中から火を放つと申し出て潜入するが、李瑞蘭一家に密告されて捕らえられる。

盧俊義のもとから駆けつけた呉用は、顧大嫂を城内に送り込んで、史進と連絡をつけた上で月末の夕方に火を放つよう指示して東昌府に戻る。「月の終わり」と聞いた史進は、牢番が間違えて今日が月末と言ったのを聞いて騒ぎを起こしてしまう。騒ぎを聞いた董平は出陣して宋江たちと戦うが勝負はつかず、翌日再戦にあたって、王矮虎・扈三娘たちが馬の脚をすくう縄を用意したところに宋江が誘い込み、董平の馬を倒して捕らえる。董平は仲間入りを承諾し、城門を開けさせると、程知府一家を皆殺しにして、かねて妻に望んでいた知府の娘をわがものにする。救出された史進は李瑞蘭一家を皆殺しにする。

（第六十九回）

董平は二枚目の勇将ですが、行動はほめられたものではありません。王矮虎を例外として女性に対してストイックな豪傑たちの中にあって、知府の娘に執着した末に、裏切って知府一家を皆殺しにして娘をわが物にするというのは、人非人の振る舞いでしょう。これは彼が美男であることと関わるものかもしれません。そもそも二本槍を使うというのは、一般的に二枚目の武将がやることとです。そしてお芝居では、二枚目は「小生」と呼ばれるひげがなくて甲高い声で唱うキャラクターが演じますが、その性格は世間知らずで無能であったり、有能でも性格が悪かったりするのが常です。つまり未成熟な人格なのですね。たとえば『三国志』の呂布や周瑜がこれに当たります。董平も「小生」キャラと考えれば納得がいきます。行動パターンはちょっと呂布に似ているようです。なお、東平府は鄆州のことで、宣和元年（一一一九）に東平府に昇格していますから、ここで名称が変わっているのは史実に合致していることになります。

東昌府に向かった盧俊義は、石投げの名人張清と、その副将の投げ槍の名手龔旺と飛叉（鎖の先に刺股状のものをつけた武器）の使い手丁得孫に二度にわたって破られたと白勝が報告に来る。宋江が救援に駆けつけ、龔旺・丁得孫は捕らえるものの、張清に石つぶてで立て続けに十五将を傷つけられる。呉用は策を立て、糧食を満載した車を張清に奪わせておいて、更に輸送船も襲撃に来るよう誘い込んで、公孫勝の術で霧を起こして視界がさえぎられたところに林冲の騎兵隊が襲いかかって川に押し落とし、待ち構えていた李俊たちが生け捕りにする。降伏した知府は清廉だったので許す。傷つけられた頭領たちが張清を殺そうとするのを見て、宋江は手出しは許さぬと誓うので、張清は心服して獣医皇甫端を推薦、龔旺・丁得孫も仲間入りして、ここに百八人がそろう。

（第七十回）

コラム　史進の謎

百八人の最初に登場した史進は、第六回で魯智深と別れて少華山に向かってから長い間姿を見せませんでしたが、第五十九回で久々に登場します。しかし、まずは知府が画家の娘を妾にするため画家を無実の罪に落としたと聞いて、知府を成敗に向かったものの、罠にはまって捕らえられてしまったということから始まって、いいところを見せようと芒碭山に樊瑞たちを伐ちに行って逆に打ち破られ、更に第六十九回ではなじみの妓女李瑞蘭がいるからと東平府に潜入すれば密告されて捕らえられるという具合で、第二回の颯爽たる活躍ぶりとはまるで別人のようです。これはどういうことでしょう。

鍵は東平府に潜入する時の史進の言葉にありそうです。史進は「私は東平府にいた時に妓楼の李瑞蘭という妓女となじみになって」と言うのですが、第六回で魯智深と再会した時の史進の説明によれば、史進は魯智深が人殺しをしたので渭州から逃げ出した後、延州に王進を訪ねていったが会えず、北京大名府にしばらくいたが路銀が尽きたので赤松林（たぶん山西省南部でしょう）で追い剝ぎをしているということですから、東平府に行ったことはないはずです。ところが、史進は別系統の物語の中では確かに東平府にいたのです。

元雑劇に作者不明の「還牢末」という作品があります。この雑劇には劉唐と史進が登場するのですが、二人とも『水滸伝』とはまるで別人なのです。二人は東平府の胥吏で、劉唐は休暇の期限に一ヶ月も遅れて棒打ちを受け、上司の李栄祖が口添えしてくれなかったことを逆恨みして、不倫を働いている李栄祖の妾が李栄祖は梁山泊の賊と通じている（前に李逵を助けていました）と密告したのをよいことに、獄中で李栄祖を虐待、更に妾の依頼を受けて殺そうとします。史進はその間全く主体性なく劉唐の後についているだけです。そこに梁山泊から阮小五が来て、劉唐・史進を仲間入りに誘うので、二人は李栄祖を釈放してともに梁山泊に向かい、途中で出会った李逵が不倫カップルを成敗してめでたしめでたしというわけですが、極悪人の劉唐が実は好漢で、いじめていた李栄祖を救い出して梁山泊に行くというのは、まことに不条理な筋立てというべきでしょう。

これはおそらく、北方の金・モンゴルで伝えられていた梁山泊物語を反映したものでしょう。そこでは史進は東平府の胥吏でした。しかもどうにも冴えない男です。再登場してからの史進は、どうやらこの北方系キャラクターを背負っているようです。北方系梁山泊物語については、後のコラム「元雑劇の梁山泊物」でお話ししましょう。

第七十一回　百八人集結

宋江は百八人がそろったので羅天大醮（道教の大規模儀礼）を挙行する。公孫勝以下が祭祀を続けた七日目の夜、天から石が墜ちてくる。その表面には謎の文字が刻まれていたが、祭祀に参加していた何道士が解読したところ、「替天行道」「忠義双全」にはさまれて、百八人の星とあだ名と姓名が書かれていると判明する。みな天界の星の生まれ変わりとわかり、席次が固定したところで、宋江は呉用・朱武らと相談して、中心となる建物を「忠義堂」と定め、百八人の配置を決定し、一同そろって天に向かって誓いを立てる（金聖歎本はここで終わります）。

その後宴会の席上で宋江が招安を望む詞を作って楽和に唱わせたところ、武松と李逵が招安を否定して騒ぎ出す。それに対して宋江は、皇帝はよい人で、奸臣に目を眩まされているだけなので、我々は良民を苦しめぬよう心して招安を受け、国家のために尽くすべきだと説く。雪の日、開封に元宵節の燈籠を届けに行く職人たちを捕らえたのをきっかけに、宋江は都に行ったことがないので燈籠見物に行きたいと言い出す。

ついに百八人がそろいました。これを「白龍廟小聚会」（第四十回）に対して「梁山泊大聚義」といいます。金聖歎本はこの回の途中で話を打ち切って、後に次のような結末を加えています。

誓いを立てた後、盧俊義は夢を見る。嵆康（竹林の七賢の一人）が現れて捕らえようとするので抵抗するが、武器が全く役に立たずに捕らえられてしまう。外から大勢の泣き声が聞こえて、宋江以下の百七人が縛られて入ってくる。盧俊義が近くにいた段景住に尋ねると、盧俊義が捕まってしまったので、救い出すため皆で降参して命を助かろうとしたとのこと。嵆康が許すわけにはいかぬと言うと、二百十六人の首斬り人が現れて、一斉に百八人を斬ってしまう。仰

〓天した盧俊義が夢の中で目を開くと、「天下太平」と記した額が目に入る。

これは、解説で書いたように、賊が招安を受けるということが許せなかった金聖歎が、自分の考えに合うように行った書き換えです。ここで突然竹林の七賢の嵆康が登場するのには訳があります。実は嵆康の字は叔夜で、史実において宋江を打ち破った張叔夜の名前と同じなのです。ここで嵆康が登場するのは、わかる人にはわかるという金聖歎の遊びでしょう（金聖歎本の巻頭にはちゃんと張叔夜のことが書いてあります）。実在の嵆康は権力に反抗し続けて殺された人でしたから、ここで名前を出されるのは迷惑だったかもしれません。

清代中期以降、中国では『水滸伝』といえば金聖歎本ということになって、近代になって日本で百回本・百二十回本が流布していることが再発見されるまで、オリジナルの形は忘れられていきます。『水滸伝』の続篇として兪万春が書いた『蕩寇志』は、金聖歎本を引き継ぐ形で第七十一回（これも解説で述べたように、金聖歎本では第七十一回が第七十回でした）、盧俊義が目覚めるところから始まって、百八人が討滅される物語になるのです。

ここで宋江が皇帝はよい方で、側にいる奸臣に欺かれているだけだと言っていることにご注意ください。この考え方は、ロシアの「よきツァーリ」と似通うものがあります。ロシアの民衆の間には、ツァーリ（皇帝）はよい人で、周りの臣下が悪いだけだという考えがあり、血の日曜日事件でそれが覆されたことがロシア革命につながるといわれるのですが、同様の発想は中国にも常にありました。『水滸伝』はそれを信じた者たちの悲劇といえるかもしれません。

コラム　天界の星の生まれ変わりとは？

第七十一回で空から石碑が降ってきて、百八人は天界の星の生まれ変わりだったとわかるという唐突な展開になります。金聖歎は、宋江のでっち上げの可能性を示しつつも、石碑を出すことによって、冒頭第一回で洪信が伏魔殿を開く時にあった「洪に遇いて開かる」と記した石碑と対照するとともに、最後に百八人の名前を全部列挙するためだと論じています。金聖歎本の続篇として清の兪万春が書いた『蕩寇志』では、豪傑たちを欺くために宋江と呉用がこしらえたという設定にしていますが、ここは天界のお告げと取るのが素直な読み方でしょう。

百八人はすべて星の生まれ変わりで、天罡星三十六人と地煞星七十二人に分かれます。もちろん天罡星の方が格上で、史実では「宋江三十六」、『大宋宣和遺事』でも三十六人衆だったのが百八人に増えたため、増加分を地煞星として附け加えたというところでしょう。実際、巻末資料をご覧いただけばおわかりの通り、天罡星の三十六人はほとんど『大宋宣和遺事』の三十六人と合致しています（孫立・杜千〔遷〕が地煞星に格下げになって、かわりに解珍・解宝が入っている程度です。なお『大宋宣和遺事』では宋江は三十六人に入っていません。「宋江と三十六人の盗賊」という扱いですね。ただし晁蓋が抜けると宋江を入れて三十六人になります）。

では天罡星・地煞星とは何なのでしょうか。天罡星は北斗七星の柄の部分のことですが、これを凶神とする例もあり、また三十六天罡という言い方も見えます。

地煞は凶神（「煞」は「殺」の通用字です）として星占いの本に出てくる名称で、七十二地煞という言葉も見えます。詳細はわかりませんが、金聖歎が言うように石碑同士で呼応しているかはともかく、第一回で伏魔殿から飛びだした百八の魔王が、天界の星の化身として地上に降ってきたということなのでしょう。魔王とはつまり凶神ということなのかもしれません。

更に、巻末資料にあるように、天罡星のメンバーには「天〜星」、地煞星のメンバーには「地〜星」と、それぞれの星の名前が決まっています。宋江は「天魁星」で、これは北斗七星の第一の星ということですから、大頭目にはふさわしいでしょう。席次二番目の盧俊義が「天罡星」というのは、天罡星の中に天罡星ということで不可解ですが、第三位の呉用は「天機星」、これは謀略などをつかさどる星ということで納得が行きます。しかし第四位の公孫勝の「天閑星」はあまり例のない言葉で、公孫勝のキャラクターに合わせて適当に作ったような感じがします。地煞星も、筆頭の朱武が「地魁星」、第二位の黄信が「地煞星」と、天罡星と同じパターンなのもかなり適当な感じですね。金聖歎は、星の名が本人にふさわしくないようだと文句を言っています。

要するに、史実の「宋江三十六」から出発して、占星術における数値と合致するところから、天から降ってきた星の化身という発想が出てきたのではないかと思われます。では、なぜ星の化身でなければならないのでしょうか？

実は、英雄は天から降ってきた星の化身であるという考えは古くからあるものなのです。前漢末期から後漢の初め、つまり紀元〇年前後の頃、儒教の経典に書かれていることを未来の予言と解釈する讖緯思想が非常に流行しました（前漢の滅亡や後漢の成立にも、新たな皇帝の出現の予言があったとして帝位につくという形で、この思想は深く関わっています）。そうした中で、天界の動きを現実に起きたことと関連付ける発想の一つとして、後漢建国の功臣二十八人が天界の二十八宿（天を二十八に区分したもので、それぞれを代表する星がイメージされます）の化身という発想が生まれて、宮廷の雲台に彼らの肖像が書かれて「雲台二十八将」と呼ばれたことと相まって、後世に影響を与えていきます。皇帝は紫微星の化身、それを助ける臣下たちも天界の星の化身という発想ですね。星の動きに現実の反映を読み取る占星術がこれと関連していることは言うまでもありません。

歴史を扱う物語の中でも、登場する英雄豪傑の類は多く天界の星の生まれ変わりとされます。たとえば唐王朝の成立を物語る『大唐秦王詞話』という作品の最初には、主要登場人物がどの星の生まれ変わりであるかの一覧がありますし、同じ時代を扱う『説唐全伝』には、唐と対立する群雄は、後漢の光武帝劉秀が酔って殺してしまった二十八将が、復讐のため劉秀と同じ紫微星の化身である太宗李世民の邪魔をするために降って来たものだという説明があります。もちろん劉秀が二十八将を殺したという史実はないのですが、民間では、二十八宿を天に戻すために、劉秀が酔いどれて二十八将を全部殺してしまって狂い死にするという物語が知られていたのです（京劇「打金磚」などで今でも知られています。詳しくは拙著『中国歴史小説研究』（汲古書院、二〇〇一）第四章「劉秀伝説考」をご覧ください）。『水滸伝』で百八人が星の化身とされるのも、こうした流れの中で生じたことでしょう。最後の方でむやみと豪傑たちが死んでいくのも、天界に回収するという目的があるのかもしれませんね。

第三部　梁山泊崩壊の物語

第七十二回からは、梁山泊の人々が招安を受けて官軍になり、遼と戦い、更に反乱者方臘を討って、その過程で多くの死者を出した末に、散り散りになっていくまでを描きます。この部分が面白くないことには定評があり、金聖歎が第七十二回以下を切り捨てたのも、彼の思想信条以外に、長すぎて売りにくいのでつまらない部分を削除してしまおうという商業上の意図もあったのではないかと思われます。とはいえ、最初の数回は数少ない梁山泊安定期の物語として、なかなか面白い内容を持っていますので、少し詳しめにご紹介して、後の部分は簡単な要約ですませることにしましょう。

第七十二回　宋江、開封に行く

宋江と柴進、史進と穆弘、魯智深と武松、朱仝と劉唐の四組で開封に行くことになり、更にどうしても連れて行けという李逵と、お目付役の燕青、連絡役の戴宗も同行する。偵察に城内に入った柴進と燕青は、近衛軍人の王班直（班直は近衛軍人のこと）をしびれ薬で眠らせ、柴進が王班直の服を着て朝廷に入る。柴進は皇帝の図書室に反逆者として「山東宋江・淮西王慶・河北田虎・江南方臘」と徽宗の直筆で記されているのを見て、「山東宋江」を切り取り、王班直に元通り服を着せて立ち去る。

正月十四日の夜、宋江・柴進・戴宗・燕青は李逵を留守番に残して城内に入る。徽宗寵愛の妓女李師師の家に通りかかった宋江は、燕青に話を通させて李師師の家に上がるが、徽宗が来るので翌日の再訪を約して城外の宿に戻る。翌日の元宵節当日、すねていた李逵も連れて城内に入ると、再び燕青の取り次ぎで宋江と柴進は李師師の家に上がり、詞を渡して徽宗に思いを伝えてもらおうとしたところに徽宗が来訪。宋江たちが物陰でこの機会に招安の許しを求めたものか相談しているところに、戴宗と一緒に外で見張りをさせられて腹を立てた李逵が、徽宗の供の楊太尉（楊戩）と争い、暴れて火をつけるので、宋江・柴進・戴宗は燕青を残して、城門が閉じられぬうちにと逃れる。史進・穆弘が駆けつけ、城外からは魯智深・武松・朱仝・劉唐が斬り込んで門を閉めさせずにいるうちに城外に逃れると、前もって呉用が派遣しておいた関勝・林冲らの騎兵部隊が出迎える。李逵の姿がないので、宋江は燕青に捜させる。

ここで語られる徽宗と李師師の色模様は『大宋宣和遺事』の主要テーマです。野暮な宋江・李逵・史進・穆弘と、上品な柴進、粋な燕青の対比が面白い一幕ですが、ここから白くて美男の小男と、黒くて醜悪な大男という、燕青と李逵のでこぼこコンビの冒険談が始まります。

第七十三・七十四回　燕青と李逵の冒険

燕青は一人で開封に斬り込もうとする李逵を止めて、頭巾をなくした李逵に道士の恰好をさせ、梁山泊に連れ戻す。途中で立ち寄った屋敷の主は、李逵を法力のある道士と思い込んで、娘に取り憑いた魔物を退治するよう求める。娘の部屋に入って見れば男女が抱き合っているので、李逵は男の首を斬り、女が間男を引っ張り込んでいたと白状するのを聞いて女の首も斬って、二人の首を主人に見せると、主人は娘は殺さないでほしかったと言うが、李逵は意に介さず、一泊して立ち去る。

次に泊まった劉太公の屋敷では、太公から宋江と柴進らしき若い男が娘をさらっていったと聞かされる。宋江が李師師と酒を飲んでいるのを見て以来不信感を抱いていた李逵は、娘を取り戻してやると約束すると、梁山泊に戻って「替天行道」の旗を斬り倒して引き裂き、宋江に斬りかかる。宋江は身に覚えがないと言うが、李逵は信じず、李逵と宋江・柴進は首を賭けることになる。劉太公の屋敷で面通しをすると別人だと判明するので、李逵は燕青の助言を受けて、自分を縛り、背中に茨を背負ってわびを入れるという古式ゆかしい謝り方をする。宋江から許してほしければ偽物を捕まえてこいと言われた李逵は、勇躍燕青とともに出発、怪しい者を燕青が弩で射止めると、その男は王江・董海という二人組が宋江と称して悪事をしていると言うので、案内させて王江たちを倒し、娘を劉太公に返して、王江たちの首を宋江に差し出す。その後、泰山で開かれる相撲の試合に任原という豪傑が出ると聞いた燕青は……。

（第七十三回）

宋江はなぜ燕青に李逵の面倒を見るように頼むのでしょうか。燕青は小柄ですが相撲の達人で、李逵もまるで歯が立たないので、燕青の言うことだけは聞くのです。白と黒、小と大、粋と野暮というとことん対照的な二人ですが、妙に気が合うようです。この第七十三・七十四回は、数少ない梁山泊安定期の物語で、そこでは李逵と燕青が大活躍します。これは元雑劇ではこの二人が人気キャラクターだったことと関係しそうです。詳しくは後のコラムをご覧ください。

燕青は任原と勝負したいと言って、行商人に変装して泰山に向かう。心配なので手伝いに来たと言って李逵が追いついてくるので、口をきかずにおとなしくするならと条件をつけて同道する。泰山に着くと、燕青は任原が掲げた額を打ち砕いて挑戦するが、人々は燕青が小柄なのを見て笑う。試合当日、台上で任原が挑戦者はいるかと呼びかける。

ここは原文を引きましょう。

言いも果てぬに、燕青は両側の人の肩に手を掛けて「いるぞ、いるぞ」と叫ぶと、人の背中ごしにまっすぐ台の上に飛び上がりました。みんなは一斉に喊声をあげます。審判が出迎えてたずねます。「おぬし、姓名は何で、どこの出身で、どこから来たんだ」燕青、「私は山東の張という行商人で、あいつと賞品かけた勝負に来たんだ」。審判、「おぬし、命が懸かってるってのはわかってるのかね。身元保証人はいるか」。燕青、「おれが保証人さ。死んでも命の償いしてくれなんて言うもんかね」。審判、「まず肌脱ぎになってみせろ」。燕青は頭巾を脱いでまげをむきだしにして、草鞋を脱いではだしになってから、台の隅でうずくまって脚絆・膝当てをはずすと、跳び起きて上着を脱ぎ捨てて構えます。廟の中の見物人たちは、さながら海や大河をかき回したように揺れ動いて、絶え間なく喝采いたします。任原は、燕青の入れ墨したたくましい体を見て、心中五割方気後れしております。

本殿の前の露台の上には、知州が監督のためすわって、前後には黒い衣の下役が七、八十人ほども輪になって居並んでおりましたが、すぐに人をやって燕青を台から下ろして、目の前に召し寄せます。知州は燕青の入れ墨が、さながら玉の柱の上に軟らかな翠を敷き詰めたようなのを見て、心中大いに喜んでたずねます。「おぬし、どこの者だ。なぜここにまいった」。燕青、

「わたくし姓は張、兄弟の順は一番で、山東萊州の出です。任原が天下の人々に相撲の勝負を挑んでいると聴いて、あの者と勝負しにわざわざまいりました」。知州、「前のあの鞍置き馬はわしが用意した賞品だが任原にやって、陳列棚にある品物はすべてわしの差配で半分をおぬしにやることにして、おぬしら二人は引き分けということにするがよい。わしがおぬしを取り立ててやるぞ」。燕青、「殿様、この賞品など問題ではありません。あの者を倒して、皆さんを笑わせて、喝采していただきたいのです」。知州、「あの者は金剛のような大男、おぬしは近寄ることもできまい」。燕青、「死すとて怨みはございません」。また台に上がって任原と勝負しようといたします。

審判は先に証文を取っておこうと、懐から相撲結社の約款を取り出して一通り読み上げてから、燕青に申します。「わかったか。汚い手を使うことは許さぬぞ」。燕青冷笑して、「あちらの身ごしらえは十分、私はこの股引だけ、どう汚い手を使うというんです」。知州はまた審判を呼んで言い付けます。

「かような男、粋な若者、惜しいわ。おぬしあの者にこの勝負引き分けにさせよ」。審判はすぐさま台に上がって、また燕青に申します。「おぬし、命を拾って故郷に帰るがよい。わしはこの勝負引き分けとする」。燕青、「あなたはまったくわかっておられませんな。私が勝つか負けるか知れますまいに」。みんなはどっと声を上げました。何万という参拝客が両側に魚の鱗のように並んで、回廊の屋根まで全部満員、心配するのはこの相撲の勝負に邪魔が入ることばかり。

燕青の水際だった振る舞いがみごとですね。燕青のあだ名は「浪子」、つまり遊び人ですが、彼は美男で白い肌、全身に入れ墨して、あらゆる遊芸をことごとくこなし、各地の方言を自在に使い分け、しかも相撲の名人で弩の名手と、ほとんど完璧な色男に造形されていますが、あだ名とは裏腹に、女性と関係を持とうとはしません。元来芸能は男性と女性の理想像を描き出すのが常ですが、燕青はストイックなところも含めて、女性が心に抱く男性の理想像なのかもしれません。知州を通して燕青の容姿のすばらしさを示す書きぶりも鮮やかです。

燕青は動きの鈍い任原を翻弄し、肩に担ぎ上げて台の上から投げ落とす。任原が敗れたと見た弟子たちが賞品を略奪しようとすれば、それを見た李逵が柵を引き抜いて暴れ出し、見知った者が黒旋風だと言うので大混乱になる。李逵は倒れている任原の頭を叩き潰して燕青と脱出しようとするが、矢で足止めされる。そこに外から盧俊義が史進・魯智深・武松らを率いて乱入して救出、引き上げようとするが李逵が見えない。宿にまさかりを取りに戻った李逵は寿張県の役所に乱入、逃亡した知県の衣服を着て裁判をし、更に学校を

騒がせたところで、捜しに来た穆弘と出会って梁山泊に戻る。報告を受けた朝廷では、崔靖の意見により梁山泊招安のため太尉陳宗善を派遣することになる。

（第七十四回）

コラム　元雑劇の梁山泊物

第七十二～七十四回は、百八人がそろった後、招安とそれに関わる官軍との戦いが始まる前のごく短い梁山泊安定期の物語です。そこで活躍するのはもっぱら李逵と燕青の二人です。なぜなのでしょう。

実はこの部分は元雑劇と密接な関係を持っているのです。元雑劇には多くの梁山泊物がありますが、『水滸伝』と内容的に重なるものはほとんどありません。そうした中、現存する元雑劇の中で唯一『水滸伝』とほぼ同じ内容を持っているのが第七十三回なのです。宋江が女性をさらったと勘違いした李逵が茨を背負ってわびを入れるという話は、細部に違いはあるものの、康進之の「李逵負荊」という雑劇とほぼ同じ話です。

黒旋風李逵は元雑劇の世界では圧倒的人気を誇っていました。ほかならぬ東平出身の高文秀という作家は、ご当地芝居ということで梁山泊物が得意だったようで、梁山泊物を八つも書いていますが、その題名は「黒旋風双献頭」「黒旋風闘鶏会」「黒旋風窮風月」「黒旋風喬教学」「黒旋風借尸還魂」「黒旋風詩酒麗春園」「黒旋風大鬧牡丹園」「黒旋風敷演劉耍和」と、全部黒旋風物でした。今残っているのは「双献頭」のみですが、「窮風月」は「色の道を究める」、「喬教学」は「ふざけた授業をする」、「麗春園」は有名なラブロマンスの舞台ですので、やはり色男の真似をする、「敷演劉耍和」は金代の実在の名優劉耍和の真似をするということで、粗暴朴訥な李逵が似合わないことをするお笑いの芝居だったものと思われます。更に楊顕之という作家には「黒旋風喬断案（ふざけたお裁き）」という雑劇もありました。これは第七十四回で突然李逵が寿張知県の服を着て裁判の真似事をさせる場面（傷害事件でなぐった方が好漢だから無実という無茶な内容）と同内容だった可能性があります。その後学校に行くのも「喬教学」の名残かもしれません。

つまり、この回の内容は元雑劇の黒旋風物を踏まえていると思われるのです。そして第七十三回の題目は「梁山泊双献頭」、これは内容こそ違いますが、高文秀の雑劇と同じ題名ですね。燕青（えんせい）も人気キャラクターだったらしく、李文蔚（りぶんうつ）という作家は「燕青博魚（はくぎょ）」「燕青射雁（しゃがん）」という二つの雑劇を書いています（前者のみ現存）。

では、なぜこの部分だけが元雑劇と関わりの深い内容を持つのでしょうか。それはこの二回が梁山泊の安定期を背景にしていることと関わるものと思われます。南宋と金・モンゴルは全く別の国でした。当然、北宋末期の史実をもとにする梁山泊物語は、南北で別々に成長したはずです。元雑劇は金・モンゴルにおける梁山泊物語を反映しているのです。元雑劇の梁山泊物語は、ワンパターンといってよい内容を持ちます。まず梁山泊の豪傑が下山し、善人の恩義を受ける。その後、悪人がその善人を迫害する。豪傑がまた山を下りて悪人を成敗する。すでにふれた「還牢末」「争報恩」、それに先ほど名をあげた「燕青博魚」はいずれもこのパターンに当てはまりますし、「双献頭」「李逵負荊」もこの類型に近いといっていいでしょう。簡単にいえば、どの雑劇も梁山泊の豪傑が外の世界に行って事件を解決し、また梁山泊に戻っていくという構造を持つのです。

なぜ北方の梁山泊物語はこういう構造を持つのでしょうか。それはおそらく、北方の人々にとって梁山泊は、現にそこに存在する具体的な場所だったからでしょう。南宋の人々にとって梁山泊は自国内にはない場所です。それゆえに想像がふくらみ、壮大な物語が形成されていくことになります。一方北方の人々は、身近に梁山泊がある以上、そのような妄想を抱くことはできません。それゆえ梁山泊は義賊集団が永続的に存在する場所になり、権力を持つ者たちの横暴に苦しめられていた庶民は、梁山泊から正義の味方がやってきて悪を成敗してくれるという想像によって慰めを得ていたのでしょう。しかも、その正義の豪傑がそのまま居残ると平和な共同体が乱されますから、不正が正されればすぐに消えてもらわなくてはなりません。その点梁山泊というのは便利な場所なのです。

この構造は全世界的に見られるものです。たとえば西部劇の名作「シェーン」を思い出してください。悪を倒すとシェーンは一人山のかなたに消えて行くではありませんか。日本の股旅物、西洋の騎士物語など、みんなそうですね。そのため豪傑を送り出し、帰り着かせる場として、ロビン・フッドのシャーウッドの森のような永続的根拠地が必要になります。北方における梁山泊はそういう場所でした。

『水滸伝』のもとになったであろう南方系の物語は、梁山泊の成立と崩壊だけを語るもので、安定期の話はありませんでした。だから、わずかとはいえ安定期の物語を語ろうとすると、北方系の梁山泊物語を取り入れる必要があったのでしょう。

第七十五～八十二回　招安物語

ここからは梁山泊が官軍との戦いの末、招安を勝ち取るまでを描きます。単調な戦闘描写が主になって、あまり面白くなくなってきますので、内容紹介は簡略にして、ポイントのみ詳しく紹介することにしましょう。

高俅（こうきゅう）は陳宗善（ちんそうぜん）に二人の部下を付け、梁山泊（りょうざんぱく）を挑発して招安を失敗させようとする。呉用（ごよう）もあっさり招安を受けては朝廷になめられると考えて、招安失敗を狙う。阮小七（げんしょうしち）はわざと陳宗善（ちんそうぜん）の船に浸水させ、皇帝下賜（かし）の酒を飲んでしまって安酒にすり替える。招安の詔（みことのり）が無礼なものだったので李逵（りき）が引き裂き、下賜の酒も安酒だったので皆が騒ぎ出し、やむなく宋江（そうこう）は陳宗善（ちんそうぜん）を送り返す。朝廷は童貫（どうかん）に大軍を率いて梁山泊（りょうざんぱく）を伐（う）たせる。

（第七十五回）

童貫は四奸臣の一人で、宦官の身で軍司令官として活躍した人物です。

宋江は天書から学んだ九宮八卦の陣を布いて童貫を迎え撃つ。（第七十六回）

この回はほとんどが五行の色彩（青・赤・黄・白・黒）を組み合わせた旗と武具を装った梁山泊諸将勢揃いの絢爛たる九宮八卦の陣の描写で埋め尽くされています。

敗れた童貫は長蛇の陣を布いて再び戦いを挑むが、十面埋伏の計にあってほとんどの武将を失い、命からがら逃げ帰る。（第七十七回）

高俅は遼や西夏との対外戦争でもこれまで多くの功績を上げてきた最強の武将である十人の節度使を集結させ、江南水軍の将劉夢龍も加えて梁山泊を伐つが、大敗する。（第七十八回）

十人の節度使については、後のコラムをご覧ください。

宋江は捕らえた十節度使の一人韓存保に事情を説明して還すが、高俅は怒って韓存保を都に送り返す。韓存保の説明を聞いた官僚たちは蔡京に招安の意見具申をし、招安の詔が出される。水軍も火計で破られて劉夢龍らも殺されたところに勅使が到着、宋江たちは招安を受けるために済州に赴くことになる。

（第七十九回）

高俅は招安の詔の「除宋江・盧俊義……過悪（宋江・盧俊義ら……の罪を許し）」をわざと宋江で切って、「宋江を除き、盧俊義らの罪を許し」と読み替えてしまうので、宋江が許されないなら招安を受けて何になると花栄が使者を射倒し、招安は失敗する。高俅は行動自在の巨船を造るが、張青夫婦らが潜入して造船所に火を放つ。それでも高俅は船を完成させて来襲するが、水軍頭領たちに翻弄されて、高俅らも捕らえられる。宋江は高俅らをもてなして招安の取り次ぎを依頼、高俅は引き受ける。相撲の腕を自慢する高俅を燕青が負かした後、宋江は蕭譲・楽和をつけて高俅を済州に還す。（第八十回）

招安の詔に高俅が加えた細工は、中国の書き言葉は句読点をつけないのが原則だったからできたことです。悪い胥吏の入れ知恵という設定です。次の回はよく知られた重要なくだりですので、少し詳しくご紹介しましょう。

高俅が約束を守らないのではと危ぶんだ宋江は、燕青と戴宗を開封に派遣する。巧妙に開封に入り込み、燕青は幇間に変装して李師師を再訪、前回（第七十二回）来訪したのは宋江と柴進だったと明かし、招安を受けたいのに受けられない事情を説明する。李師師は燕青に芸の披露を求め、二人で楽器と歌をやりとりするうち、燕青の美貌と才能に惹かれた李師師が、入れ墨を見せてほしいと言って燕青の体を撫で回すので、深い関係になることを避けるため、燕青は姉弟の契りを結ぶことを求める。

燕青が大量の金品を贈って皆の歓心を買うところに徽宗が来訪するので、李師師は従弟に会ってやってほしいと言って燕青を紹介、一目で気に入った徽宗が歌を所望すれば、燕青は罪の許しを求める詞を唱って、梁山泊に捕らわれて仲間入りしていたので赦免状をいただきたいと懇願、徽宗は直筆の赦免状を与える。更に燕青は宋江たちを讃え、招安が失敗した事情や高俅が敗北をごまかしていることを伝える。翌朝宿に戻った燕青は、招安を取りなしてもらうため太尉宿元景（第五十九回参照）を訪ね、贈り物を渡して依頼した上で、高俅の屋敷に監禁されている楽和と巧妙に連絡をとり、蕭譲ともども脱出させて梁山泊に連れ帰る。（第八十一回）

あらゆる遊芸に通じた燕青が本領を発揮しつつ、いかに美女李師師に誘惑されても決して心を動かされない様が鮮やかです。その他の場面でも、燕青は臨機応変の才知を存分に発揮して、色男で機知縦横でありながら、決して感情に流されることのない理想的人物像を示します。

翌日の朝廷で、徽宗は燕青から聞いた真相を告げ、宿元景に招安に向かうよう命じる。宿元景の鄭重な振る舞いに一同も喜び、招安が決まる。百八人は都に向かうことになり、配下の者たちの去就は各自の自由に任される。宋江は近隣の町や村に迷惑を掛けたわびとして、資金を提供して十日間にわたり市を開いた後、都に向かう。徽宗にお目見えの後、一同を各地に分散させるようにという命令が出される。ずっと一緒にいたいと願う一同は梁山泊に戻ろうと言い出す。これを聞いた朝廷では、百八人をだまし討ちにしようという意見が出るが……。

（第八十二回）

招安を受けたところで一区切り、ここからは百八人は官軍として行動することになります。それにしても、鳴り物入りで登場しながら引き立て役に終わる十節度使とは何者なのでしょうか。

コラム　最強の将軍「十節度使」の正体

第七十八回で登場する十節度使は、これまで西夏や遼との戦いでも功績を上げてきた最強の将軍たちとして登場します。その名は王煥・徐京・王文徳・梅展・張開・楊温・韓存保・李従吉・項元鎮・荊忠。

節度使とは何でしょうか。元来、唐の玄宗の治世に辺境に置かれた官で、通常は切り離されている行政と軍事の両方を掌握するのが特徴でした。元来辺境だけの特別措置だったはずのこの官職が、安史の乱以後内地にも置かれて、「藩鎮」と呼ばれる事実上の独立勢力になっていきます。しかし宋代になると、節度使は武官の位階を示す名目だけの肩書きに変化します。この官職が示す位階は正二品、武官の最高位といっていいでしょう。

『水滸伝』に登場する十人は、たとえば王煥が「河南河北節度使」という肩書きを持っているように、各地に駐屯する軍団を指揮しているようなので、その位置づけは唐のものとも、史実の宋のものとも違っています。明代には具体的なことがよくわからなくなっていて、広域を管轄する武官というつもりで用いているようです。

この十人について、第七十八回では「みんな緑林出身」、つまり招安を受けた元山賊だと言っていますが、韓存保については第七十九回に太師韓忠彦の甥とあります。韓忠彦は大政治家韓琦の子で、宰相・太師になった実在の人物です。その甥が緑林出身ということはさすがに考えられませんから、これは大雑把な言い方なのでしょう。

この十人の名前は、適当にでっち上げられたものではありません。実はその半分近くは、南宋の芸能の世界で別の物語の主人公としてよく知られていたのです。徐京・楊温・李従吉については、大塚秀高氏が『中国小説史への視点』（放送大学教育振興会、一九八七）で述べておられるように、『酔翁談録』（「解説」参照）に見える講談の題目の中に、「徐京落草」「攔路虎」「李従吉」として見えます。「落草」は山賊になることですから、「徐京落草」は堅気だった徐京が山賊になってしまういきさつを述べるものだったでしょう。

楊温については、明代中期に刊行された『六十家小説』という短篇小説集（現存する部分は『清平山堂話本』という名で知られています）に「楊温攔路虎伝」という物語があるので詳細がわかります。楊温は、楊志同様楊家将の一員で、盧俊義同様占い師から旅に出ないと災難にあうと言われて泰山詣りに出かけたところ、寝込みを襲われて妻をさらわれて一文無しになり、やむなく林冲同様さる武芸好きの金持ちの屋敷で武芸者と試合をし、燕青同様泰山の奉納試合で優勝し……と見てくると、この物語が『水滸伝』と深い関わりを持つことがわかるでしょう。『水滸伝』は「楊温攔路虎伝」を種本に使った可能性があります。「李従吉」については残念ながら詳細不明です。

更に興味深いのは十節度使筆頭の王煥です。第七十八回で、宋江は王煥に向かって、「王節度、あなたはもう歳を取ったんですから、国のために力を出すのは無理ですよ。……とっとと帰って、別に若い人を戦いに出しなさい」と言われます。なぜこんなセリフが出てくるのでしょうか。実は王煥は、南宋で絶大な人気を誇った戯文（南曲を使用した芝居）「風流王煥」の主人公で、音に聞こえた色男だったのです。

「風流王煥」については、雑劇版の「百花亭」が現存するのでその物語を知ることができます。王煥は「風流（色男）王煥」の異名を取る天下無敵の色男、顔がいいだけではなく、あらゆる遊芸をこなし、詩賦にも長じて学問もあり、しかも武芸十八般ことごとく身につけているというスーパーマンです（『水滸伝』の燕青はこの人物をモデルにしている可能性があります）。その彼が賀憐憐という妓女に惚れ込むのですが、所持金を使い果たして追い出されてしまいます。欲張りの母から公金横領の武将に売り飛ばされた賀憐憐に会うために、王煥が小間物屋に身をやつすところが見せ場になります。その後王煥は軍に身を投じて大功を立て、武将の不正を暴いて賀憐憐を取り戻します。

つまり、白馬の騎士がとらわれの美女を救いに来てくれるというパターンの話だったわけですね。大勢の側室を抱えていたある倉庫管理官がこの芝居を見せたところ、側室たちが全員集団脱走したという記録がありますから、どうやら抑圧された女性たちの間で大いに人気を博したようです。つまり宋江のセリフは、女性たちの不滅のアイドルに向かって、「あんたはもう歳だからひっこんでなさい」と言ったことになるわけで、王煥が何者かを知っている当時の人々には大いに受けたに違いありません。

当時芸能の世界ではおびただしい数の物語が語られていました。『水滸伝』はその中の一つを題材に、いろいろな物語を取り込んで作り上げられたものです。十節度使の多くは、『水滸伝』には入らなかった物語たちの名残なのです。

なお、十節度使で唯一討ち死にする荊忠は『金瓶梅』に登場しますが、これは『金瓶梅』の方が『水滸伝』から拝借したものです。荊忠は西門慶と気脈を通じるろくでもない武官ですから、真っ先にやられてしまう人物の名前を借りたのでしょう。

第八十三〜八十九回　征遼物語

続く部分は宋の宿敵遼を伐つ物語になります。実はこの時期、宋は遼を伐つ同盟を新興勢力の金と結んだのですが、ちょうど方臘の乱が起きて、精鋭部隊をそちらに回すことになってしまいました。鎮圧後遼に兵を出しますが、逆に遼に破られてしまいます。結局金がほとんど独力で遼を亡ぼした後、更に宋が背信行為を重ねるので、金が攻め込んできて北宋は滅亡する……という展開をたどるのですが、ここでは宋江率いる宋の軍が遼を大いに打ち破り、遼は降参するが滅亡するわけではなくて……という、史実とは全く異なる展開をたどります。史実の一部をもとに創り上げたお話ということですね。この部分の内容はパターン化した戦闘描写ばかりでまことに面白くありませんので、簡単な紹介にとどめます。

＝宿元景は百八人に遼を伐たせることを提案、宋江は一度梁山泊に戻ってとり

での始末をつけた上で出撃、檀州を攻略する。（第八十三回）

宋江と軍師呉用・盧俊義と軍師朱武の二手に分かれて進撃、盧俊義は玉田県を取るが遼軍に包囲される。宋江が救援に駆けつけて遼軍を破り、また二手に分かれて薊州に向かう。元来薊州にいた石秀・時遷を潜入させ、二人が火を放って薊州を攻略する。（第八十四回）

第四十四～四十六回と第五十三回では、薊州は宋の領内のように描かれていたことは前に述べたとおりです。ここでは急に遼の領内になっていて、両者が同一ということを認識していないのかと思えば、「公孫勝・楊雄・石秀・時遷はみんな元来薊州の人」という趣旨のセリフが出てきます。どうも矛盾しているようですが、これは征遼物語が後から入ってきて、話の合わないところは無理矢理つじつま合わせした結果ではないかと思われます。征遼の終わりで改めて考えましょう。

遼帝は欧陽侍郎の意見に従って、宋江の招安を試みる。酷暑の時期なので、宋江はわざと曖昧な返答をして時間稼ぎをするが、呉用は宋の無情を説く欧陽侍郎の言葉に感じて、遼に従うことを提案して宋江に峻拒される。宋江は公孫勝の案内で羅真人を訪ねて、これから功績は上げられるが、薄命ゆえ早く身を引くよう忠告される。宋江は招安を受けると偽って覇州に入り、戦うふりをして盧俊義を城内に引き入れて覇州を奪う。（第八十五回）

遼の賀重宝は妖術を使って盧俊義の軍を山中に閉じ込める。解珍・解宝は山中で出会った老婆と二人の息子から抜け道を聞き、公孫勝が賀重宝の妖術を破って盧俊義らを救出、更に賀重宝を殺して幽州を奪う。（第八十六回）

遼の兀顔光は息子の兀顔延寿を出陣させる。宋江が九宮八卦の陣を布くのに対し、兀顔延寿は次々に陣を変化させるが、すべて朱武に見破られる。九宮八卦の陣に突入した兀顔延寿は、公孫勝の術に惑わされて呼延灼に捕らえられ

る。兀顔光は遼の総力を結集した軍を起こし、遼帝の親征を求める。遼の先鋒は宋江の軍に敗れる。　（第八十七回）

兀顔光は遼帝を擁して太乙混天象陣を布く。朱武は陣を見破るが、破り方がわからず、敗れた宋江は幽州城内にこもる。再度攻撃してまた敗れ、深入りした李逵が捕らえられるので、兀顔延寿と交換する。朝廷から冬服を届けに来た王文斌が出撃するが戦死、宋江が策に窮するところに、夢に九天玄女が現れて陣を破る法を伝授する。　（第八十八回）

この回も半ばほどは第七十六回の九宮八卦陣と同じような太乙混天象陣の描写からなります。この辺に来ると叙述の類型化が進んでいるようです。

宋江は九天玄女の法に従い、陰陽五行に合わせた装いの軍に遼の各陣を襲わせ、李逵らに火砲を備えた雷車を守って遼陣に突入させる。兀顔光は関勝に討たれ、遼帝は幽州城に逃げ込む。遼帝が降伏を申し出ると、蔡京以下の奸臣は賄賂を受け取ってこれを認めるよう建議するので、宿元景が派遣されて降伏を受け入れることになり、宋江は不満を抱えて兵を引く。魯智深が近くまで来たので五台山に行って師の智真に対面したいと申し出るのを聞いた宋江は同行を思い立ち、盧俊義らを残して皆で五台山に赴く。（第八十九回）

遼との戦いは激戦なのですが、百八人は一人も死にません。これは征遼物語が後から挿入されたことを示すものだろうとしばしば指摘されてきました。宮崎市定氏は「水滸伝的傷痕」（『宮崎市定全集』第十二巻所収）で、公孫勝が立ち去る前提を作るため、彼が大活躍する征遼物語が付け加えられたのだろうとします。ここで十分貢献した公孫勝には姿を消す大義名分ができ、公孫勝抜きで方臘と戦うことになった結果、多くの犠牲者が出るというのです。本当のところはよくわかりませんが、征遼物語が比較的後になって付け加えられたことは確かでしょう。

興味深いのはこの物語における地理的知識のでたらめさです。最初に攻略する檀州はるか北方、次の薊州はかなり南よりで、その次の覇州ははるか南、宋との国境近くです。まさかこんな順序で軍事行動を取るわけがありません。つまりこの部分の作者は北方の地理に非常に疎かったわけで、そうなると後から追加されたといっても、南宋で梁山泊物語の原型ができあがった後、まだ南宋が滅亡しないうちにもう征遼物語が加わっていたのだろうか……などとも考えられますが、もちろん北方の地理を知らない南方人が書いたというだけのことかもしれません。

第九十回　五台山参詣から方臘討伐へ

智真は宋江と魯智深に未来を予言する偈を与える。魯智深に与えられたのは「逢夏而擒、遇臘而執。聴潮而円、見信而寂」というものであった。一同は皆がいつまでも一緒にいられるよう祈る。双林渡という場所まで来たところで雁が列を乱すのを見た宋江が問うと、弩の名手の燕青が弓を習って、たちどころに十数羽射落としたのだとわかる。宋江は、群をなして呼び合いながら飛ぶ雁は自分たち兄弟同様、それを射落とすのは兄弟を失うようなものだと燕青を叱責し、燕青も後悔する。

都に帰ると宋江は保義郎、盧俊義は宣武郎の位を授かるが、他の者には将軍の名目が与えられただけであった。公孫勝は羅真人のもとに帰ると言って立ち去る。朝廷に城内に入ることを禁じられた一同は都を掠奪して梁山泊に帰りたいと言い出すが、宋江が自分を殺してからやれと言うので、一同は涙を流して従うことを誓う。変装して元宵節に城内に燈籠見物に行った燕青と李逵は、江南征討が始まると聞きつけて報告し、宋江は江南の方臘討伐への参加を願い出る。金大堅・皇甫端は徽宗に仕えることになり、蕭譲は蔡京に、楽和は王都尉（王晋卿。徽宗の妹婿で遊び人。第二回で高俅を引き立てた人物）に求められて、やむなく行かせることになる。揚州に着いた宋江は長江を前に策を練る。

ここで宋江が授かる保義郎というのは正九品の位階を示す官職です。宋江のあだ名は「呼保義」で、これはおそらく「保義郎と呼ばれる」ということでしょうから（武官扱いされることを「呼保義」といったという例がありますから、文官とは違うという意味を持っていた可能性があります）、ここであだ名だけではなく、正式に保義郎になったということになりますが、それにしても遼を破った功績に対する論功行賞としてはとんでもなく低いものです（ただしあわせて「皇城使」になっていて、こちらは従五品なので矛盾していますが、やはりそれほどの地位ではありません）。朝廷の冷遇ぶりは露骨です。なお盧俊義が授かった宣武郎は史料には見えません。

コラム　百二十回本の二十回

「解説」でもお話ししたように、簡略版ではない『水滸伝』には百回本・百二十回本・七十回本があります。七十回本は金聖歎本のことですね。そして百二十回本は二十回多い本ということになります。

百回本が売れるとなると、いろいろな出版社が刊行しはじめます。これも「解説」で書いたように、批評や挿画をつけて差別化を図るわけですが、更に画期的な手段として登場したのが増補版の刊行でした。これが本来の姿だと称して（もちろん嘘です）、二十回多い本を作り上げたのです。

誰が百二十回本を作ったのかはよくわかりません。かつては楊定見とか袁無涯とかいった名前が取り沙汰されていましたが、今日の研究では否定的です。百二十回本がベースにしたのは、遺香堂本などの系統の修正版百回本（閻婆さん登場の場面が移動しています。第二十一回参照）で、この本をほぼそのままコピーして、第九十回の途中、燕青が雁を射落とす場面の直前に二十回を挿入しているのです。二十回の内容は田虎と王慶の討伐です。この二人は方臘・宋江と並ぶ大反乱者として第七十二回に名が見えましたが、百回本では以後登場しません。そこで、この二人を討滅する物語をこしらえて、第七十二回と照応するのを根拠に、これがあるのが本来の姿で百回本は短縮版だと称して売り出したのです。しかしこの二十回では百八人が一人も死なず、一方前半の田虎討伐で寝返った敵将は後半の王慶征討でほとんど死んでしまい、生き残った人々も隠遁したり急死したりで、方臘討伐に参加する者は一人もいないのですから、この部分が後から付け加えられたことは明白です。言語的にも、詳細に見れば他の部分とは少し異質です。

もっとも追加された二十回の物語は、百二十回本成立時にゼロから作られたわけではありません。「解説」で述べたように、福建省建陽で作られていた大衆向け簡略本で原型がすでに作られていて、それに手を加えたものです。建陽の出版社は本を売るためには手段を選ばない傾向がありますから、大衆向けに変化に富んだ内容にしようと考えて、本文を簡略化する一方で、元来なかった話を付け加えてしまったのでしょう。

簡略本増補部分の内容は百二十回本とかなり似ているのですが、児子国などの六つの国が宋に槍の勝負を挑み、負ければ貢ぎ物を出せと要求するので、禁軍教頭の王慶が六国の武芸者を倒すという、実に民話的な展開から王慶物語が始まるあたり、建陽の刊行物らしい大衆向けの要素を残しているのに対し、百二十回本ではそうした要素は取り除かれています。また、簡略本では王慶はその後高俅に無実の罪で陥れられて、林冲と同じような展開をたどって反逆に至るのですが、百二十回本では王慶は単なる無頼の徒とされていて、読者の同情を誘う余地を減らしているのも、王慶が敵役である以上、適切な改変というべきでしょう。

追加された二十回は、田虎物語の戦いも征遼物語よりは面白く読めますし、王慶が反逆に至るまでの展開は小水滸伝ともいえるもので、決して不出来ではありませんん。江戸時代の日本では百二十回本こそ本来の姿だという考えが一般的だったのですが、これも二十回がそれなりに面白かったからかもしれませんね。

第九十一～九十九回　方臘討伐

いよいよ最後の方臘討伐の物語になります。方臘の乱は宣和二年（一一二〇）から翌年に掛けて発生した大反乱で、北宋にとっては命取りになった大事件です。実在の宋江がこの反乱鎮圧に参加していたといわれることは「解説」で述べたとおりで、『大宋宣和遺事』にもごく簡単にそのことが記されています。以下の方臘討伐のくだりもあまり面白いとはいえませんので、要約のみ簡単に書くことにしますが、豪傑たちがどのようにして最期を遂げるかはしっかり確認していきましょう。

宋江は潤州（今の鎮江）を守る呂師囊の様子を探るため柴進と張順を派遣、張順は長江を泳いで通りかかった船に入り、揚州近辺の陳将士が呂師囊に糧食を贈ると申し出たことに答える使者を殺して手紙を奪う。燕青が使者に変装して陳将士の屋敷に乗り込み、陳一家をしびれ薬で倒して皆殺しにした上で、

糧食を届けに来たと称して船団を組み、穆弘・李俊が陳将士の使者に変装して呂師嚢に対面する。呂師嚢は疑いを持つが、船に潜んでいた李逵たちが城内に斬り込み、穆弘・李俊は城内で火を放って潤州を落としたものの、乱戦の中で宋万・焦挺・陶宗旺が戦死して、宋江は深く嘆く。（第九十一回）

宋江は常州・蘇州、盧俊義は宣州・湖州に分かれて進むことになる。楊志は病気で残る。関勝が常州を守る銭振鵬と戦って、乱戦の中韓滔・彭玘が戦死、関勝は銭振鵬を斬るが、落馬して退く。李逵が鮑旭・李袞・項充と出撃して韓滔・彭玘の仇を取る。呂師嚢配下の将金節は、妻秦玉蘭と相談して寝返ることにし、負けたふりをして孫立らを城内に入れ、常州は陥落、呂師嚢は逃亡する。盧俊義の様子を見に行った戴宗は、宣州を落としたものの、鄭天寿・曹正・王定六が戦死したと伝えるので、宋江は泣いて倒れる。（第九十二回）

無錫に逃れた呂師嚢を李逵らが追撃して無錫を奪う。続いて蘇州を守る方臘の弟方貌と対戦、徐寧が呂師嚢を倒し、続いて双方八将を出しての対戦で朱仝が敵将荀正を倒すので方貌は蘇州に籠城する。水に囲まれた城を攻めあぐねるところに、別動隊として水軍を率いて江陰・太倉を落としたことを報告に来た李俊が、童威・童猛とともに太湖を探りにいくことを申し出る。宋江は李俊たちにかわる水軍の救援に李応・孔明・孔亮・施恩・杜興を派遣する。李俊たちは太湖の水賊費保・倪雲・卜青・狄成と交わりを結んで、杭州を守る方臘の子方天定が方貌に甲冑を送る使者を捕らえる。李俊は宋江・呉用と相談し、李逵たちを派遣して費保たちに同行させ、凌振も火砲を持って乗り込んで城内に潜入、火砲を合図に攻め込んで、武松が方貌を殺すが、宣賛が敵将と相打ちになって死ぬ。更に水軍に参加していた施恩と孔亮が溺死したという報せがある。

（第九十三回）

　費保たちは止める宋江を振り切って帰り、李俊にも同道を勧める。李俊は方臘を亡ぼすまでは宋江を離れられないと後日を約す。秀州（今の浙江省嘉興）

を守る段愷は戦わずして降る。柴進が燕青と一緒に方臘の本拠地に潜入したいと申し出るところに、ちょうど燕青が盧俊義の使者として到着、湖州を落とし、呼延灼と二手に分かれて杭州を目指すと報告するので、柴進と燕青は知識人と召使に変装して方臘の本拠に向かう。安道全は徽宗の病気を治療するため都に召喚される。杭州城外で敗れた方天定は籠城、偵察中の徐寧が毒矢に当たって死に、郝思文は捕らえられて殺される。張順は西湖を泳いで、湧金門の水門から城内に潜入しようとするが、見つかって射殺されてしまう。うた寝の中で

張順の霊が別れを告げに来たのを見た宋江が、西湖のほとりで鎮魂するところに敵が襲ってくる。（第九十四回）

この回までの死者はみんな地煞星でしたが、ついに天罡星の徐寧と張順が命を落とします。張順については、南宋滅亡の際の襄陽包囲戦で、南宋の張順という武将が水軍を率いて壮烈な最期を遂げたことが知られていますので、このくだりはその影響を受けている可能性もあります。費保たちのくだりは、後に清の陳忱が書いた『水滸

伝』の続篇『水滸後伝』を生み出すことになります。李俊たちが費保たちと南の海に乗り出して（李応や燕青たちも同行します）、最後には李俊が暹羅国王になるというこの物語は、『水滸伝』続篇の中では一番出来のよいものですし、曲亭馬琴の『椿説弓張月』の種本になったという点でも重要です。

実は宋江はおとりで、伏兵が襲ってきた敵を打ち破る。盧俊義の様子を見に行った戴宗は、盧俊義は独松関を破って間もなく到着するが、張清・董平・周通が戦死したと報告する。盧俊義、続いて呼延灼が到着。呼延灼は雷横・龔旺の戦死を報告する。敵将石宝に索超と鄧飛が討たれるので、関勝が石宝に負けたふりをしておびき出しておいて攻めかかるが、真っ先に突っ込んだ劉唐が城門の落とし戸に押しつぶされて死ぬ。李逵たちが石宝を倒すと申し出るが、逆に鮑旭を失い、策に窮したところに解珍・解宝が糧食運搬船を捕らえてくるので、糧食を運び込む者を味方につけて解珍らが城内に潜入、火を放つ。逃げようとした方天定は、張順の霊が憑依した張横に殺される。（第九十五回）

憑依が解けた張横は、初めて弟の死を知って昏倒する。阮小七が駆けつけて、張横・侯健・段景住と一緒に銭塘江に突入しようとして海に流され、侯健と段景住は水死、自分は張横を追いかけてきたと報告する。宋江は張順を「金華太保」として神に祀る。宋江と盧俊義は、病気の張横・穆弘・孔明・朱貴・楊林・白勝と、看病の穆春・朱富を残して、二手に分かれて睦州（今の浙江省建徳）目指して出撃する。一方、睦州に着いた柴進は柯引と名乗って言葉巧みに方臘に取り入り、方臘の娘と結婚して深く信任され、燕青も雲璧と名乗って重用される。睦州手前の烏龍嶺を越すことができないので、水軍が川から攻めようとするが、火攻めにあって敗北、阮小二は捕らえられぬよう自害、孟康は戦死する。解珍・解宝が山を越えようとするが、途中で見つかって解珍は転落死、解宝は射殺される。二人の死体がさらされているのを見た宋江は、呉用が止めるのも聴かず死体を取りに向かうが、やはり石宝の罠で包囲されてしまう。

（第九十六回）

病人が多すぎるようですが、乾燥した北方で育った人が高温多湿の南方に行くと病気になるのは珍しくありません。もっとも穆弘は元来南方人ですが。なお、征遼物語とは対照的に、南方の地理は非常に正確に書かれています。

花栄らの活躍で宋江は危地を脱する。童貫らの援軍を得た宋江は、地元の老人から間道を聞き出して烏龍嶺の裏に回り、方臘の国師を称する悪僧鄧元覚を花栄が射殺、睦州に向かう。方臘は天師と称する妖術使い包道乙と、その弟子で鄭魔君と称する鄭彪、もと猟師の夏侯成に迎撃させる。王矮虎・扈三娘夫婦は鄭魔君に殺され、宋江も鄭魔君の妖術で危地に陥るが、地元の神である烏龍神の助けで危地を脱する。武松は包道乙が飛ばした剣に左腕を斬られるが剣を奪い、魯智深は夏侯成を追って行方不明になる。李逵・項充・李衮は鄭魔君を深追いして、項充・李衮は戦死する。睦州城下で関勝は樊瑞の術の助けを得て鄭魔君を倒し、包道乙は凌振の大砲に吹き飛ばされて睦州は陥落する。そこに

烏龍嶺からの使者が到着、燕順・馬麟が石宝に討たれたことを報せる。（第九十七回）

関勝らが烏龍嶺の西に迫ると、童貫の軍が東からも攻め寄せる。郭盛は一番乗りするが大石に潰され、呂方は敵将白欽と組んだまま崖から落ちて死ぬ。進退窮まった石宝は自害し、宋江は睦州で盧俊義を待つ。昱嶺関に迫った盧俊義の先発隊史進・石秀・陳達・楊春・李忠・薛永は、弓の名手龐万春の罠にはまり、全員射殺されてしまうが、時遷が抜け道から裏に回って、火をつけ砲を放って昱嶺関を落とす。盧俊義に迫られた歙州（現在の安徽省黄山市）を守る方臘の叔父方垕は、単身逃れてきた龐万春を出撃させて欧鵬を射殺、張青も乱戦の中で死ぬ。朱武は夜襲を予見して兵を伏せ、龐万春を捕らえて殺すが、丁得孫が毒蛇に咬まれて死ぬ。

翌日歙州で単廷珪と魏定国は城門内の落とし穴に落ちて殺されるが、盧俊義は方垕を斬る。敵将王寅は脱出を図って李雲・石勇を倒すが、林冲ら五将に囲まれて死ぬ。いよいよ方臘のいる清溪県に迫った宋江は、柴進・燕青と連絡を取るため、李俊に偽りの降参をさせ、阮小五・阮小七・童猛・童威とともに送り込む。方垕の孫方杰と戦った秦明は、後ろにいた杜微に飛刀を飛ばされ、よけたところを方杰に討たれる。方臘自ら出陣している隙に、李俊たちが宮殿に火を放つので、方臘は幇源洞に逃げ込む。この間の戦いで、郁保四・孫二娘は杜微の飛刀で殺され、鄒淵・杜遷は乱軍の中で踏み殺され、李立・湯隆・蔡福も重傷を負って死に、阮小五も清溪県で方臘の丞相婁敏中に殺されていたことがわかる。自害していた婁敏中と捕らえた杜微、この二人の首で死んだ者たちの霊を祀る。（第九十八回）

この回の説明はずいぶん長くなってしまいましたが、何しろここでは二十四人も死んでしまいますので、豪傑たちの最期を確認していくとなると長くならざるをえません。それにしてもこの回の豪傑の殺し方はあまりにもいい加減ですね。前の方ではまだ一人一人の死に方がそれなりに述べられていたのですが、この回になると史進・石秀という主役級を含む六人が矢を射かけられてまとめて死んでしまったり、いつの間にやら阮小五が殺されていたり、確認すると孫二娘たちが死んでいたり、あまりに適当で、これまで彼らの人生を追いかけてきた読者にとってはショッキングな展開です。石宝というやたらに強い敵将が出てくるのも、豪傑たちを殺すためかもしれません。なぜこんなことになったのかはよくわかりませんが、ある段階で生き残るメンバーが決まっていて、それに含まれないものはここでみんな殺してしまうことになっているのかもしれません。

続く第九十九回は重要ですので、原文を引きながら詳しくご紹介しましょう。

柯引と名乗って方臘の妹婿になっている柴進が出陣、花栄以下の諸将がわざと負けるので方臘は喜ぶ。翌日方杰が出陣、関勝ら四将と闘って引こうとしたところを、正体を現した柴進と燕青に殺される。方臘の軍は壊滅、柴進の妻だった方臘の娘は自害、方臘宮廷の者たちは皆殺しにされる。阮小七は方臘の皇帝の衣服を身につけてふざけているところを童貫配下の王禀たちに見られて争

いになるが、宋江が引き分ける。山中に逃れた方臘は、突然現れた魯智深に捕らえられる。魯智深は夏侯成を追って殺した後、道に迷い、謎の老僧の導きでここに来て方臘を捕らえたと言うので、宋江が大功の報酬に言及すると、魯智深はすべて拒否する。病気で杭州に残った八人は、楊林・穆春以外みな死んだとのことで、宋江は鎮魂の儀式を行って、残った三十六人で杭州に戻り、六和塔に兵を留める。

この続きは原文を見ましょう。六和塔のほとりは銭塘江で、ここは川幅が急激に拡がるため、新月と満月の頃に大逆流が起きて大きな音がするのを「潮信」と呼ぶことをご承知おきください。中秋に当たる旧暦八月十五日に一番大きな逆流があります。

さて魯智深は、武松と寺の中のさる場所で休んで待っておりましたが、城外の川や山の景色が尋常ならざる美しさなのを見て心中喜びました。この夜月は白く風は清く、水も天もすべて碧色に染まっておりました。二人が僧房の中で夜中まで眠ったところに、突然川から潮流の音が雷のように響きました。魯智深は関西の男ですから、浙江（銭塘江のこと）の潮信のことはわかりませんので、陣太鼓の音で賊が出たのだと思い込んで、跳び起きて手探りで錫杖をつかむと、大声で呼ばわりながらそのまま飛び出してまいりました。坊さんたちはびっくり、みんなやって来てたずねます。「御坊は聞き間違えられたんですよ。陣太鼓の音じゃなくて、銭塘江の潮信の音です」。魯智深は言われてびっくりしてたずねます。「御坊、何で潮信の音っていうんだね」。寺の坊さんたちは窓を押し開けると、波頭を指さしながら魯智深に見せて申します。「この潮信は昼と夜に二回来るんですが、絶対時間に狂いがありません。今日は八月十五日なので、三更子の刻（夜の十二時頃）に来るはずです。信を失わないので「潮信」って呼ぶんですよ」。

魯智深は見ると、心中突然悟るところがあって、手を叩いて申します。

「お師匠様の智真長老は、おれに四句の偈を言いつけられたが（第九十回）、「夏に逢いて擒う」ってのは、おれが万松林の中で闘って夏侯成を生け捕りにしたこと、「臘に遇いて執う」ってのは、おれが方臘を生け捕りにしたことで、今じゃ全部その通りになってる。「潮を聴きて円し、信を見て寂す」、潮信に出会ったからには、円寂するはずだ。和尚さんがた、あんたたちに聞くんだけど、「円寂」ってのはどういうことだい」。寺の坊さんたちが「あんたは出家のくせにそんなこともわかってないんですか。仏門では円寂っていうのは死ぬことですよ」と答えれば、魯智深笑って、「死ぬことを円寂っていうんだったら、わしは今はもうきっと円寂することになってるはずだな。お手数だが桶に一杯湯を沸かしてきてくだされ。わしは沐浴するから」。

寺の坊さんたちはみんな智深が冗談を言っているものと思いましたが、智深のこうした人柄を見ては言うとおりにしないわけにもいかず、しかたなく寺男を呼んで湯を沸かしてこさせると、智深に湯浴みさせます。全身皇帝から賜った僧衣に着替えますと、部下の軍人に「宋公明先鋒あにきに報せに行って、わしを見に来ていただけ」と言い付けてから、今度は寺の坊さんたちから紙と筆をもらい受けて一篇の偈を書いた上で、法堂に行って禅床を持ってきて真ん中にすわり、よい香を焚いて、あの紙を禅床の上に置いてから、両足を畳んで、左脚を右脚の上に掛けますと、そのまま天より与えられた本性は空に騰がって行きました。宋江が報せを聞いて、急いで頭領たちを連れて見に来た時には、魯智深はもう禅床の上にすわったまま動かなくなっていました。その偈を見ますと、「平生善果を修めず、ただ殺人放火を愛す。にわかに金の枷をはずし、ここに指して玉の鎖を断ち切る。ああ、銭塘江上に潮信来たり、今日はじめて知る我の我なるを」。

宋江と頭領たち、更に童貫たちも香を焚いて礼拝し、法事を行って魯智深を荼毘に付す。片腕を失っていた武松は、このまま六和寺で出家することにする。道中出発するまでに楊雄・時遷が病死、病気で残っていた楊志も死んだとの報せがあり、林冲も病に倒れて六和寺に残り、半年後に武松に看取られて死ぬことになる。燕青は盧俊義に官職を辞退してともに隠遁しようと言うが、盧俊義はこれからせっかく出世するのにと言って聞かないので、燕青は宋江への手紙を残してどこへともなく立ち去る。李俊は仮病を使って離れ、童威・童猛とともに約束通り費保たちのもとに行き、海に乗り出して、後に暹羅国王になる。残った二十七人は開封に戻って官職とほうびを授かり、方臘は細切れの刑に処される。宋江が宋清とともに帰省すると、宋太公は死んでいたので、法事を行い、九天玄女廟を作り、宋清は官職に就かず、そのまま農業にいそしむことにする。生き残った兄弟たちは任地に赴き、散り散りになっていく。

（第九十九回）

コラム　百八人中最高の人物は？

百八人のうち最高位にあるのが宋江であることはいうまでもありませんが、人間として最も高い位置に置かれているのは誰でしょうか。金聖歎は武松を「天人」と呼んで、彼を至高の存在としているようです。でもオリジナルの『水滸伝』ではそうではありません。

百八人の多くはあえなく戦死します。林冲・楊志のような最も重要な人々もあっけなく病死してしまいます。残った人々がどのような運命をたどるかは次回でご覧いただくことになりますが、天寿を全うした人も含めて、特にすばらしい終わり方とも思えません。

異色なのは燕青と李俊・童威・童猛です。燕青については後で改めてお話ししますが、中国では昔から功成り名遂げれば身を引くのが賢明という発想がありました。漢の張良などが、史実を無視してその理想型とされます。彼らはそうした生き方を示す存在です。愚直に皇帝に忠義を尽くす宋江、身を引く燕青たち、ひたすら信じる仲間のために生き死ぬことを貫く李逵たち、『水滸伝』はどれが正しいとも間違っているとも言わず、それぞれの生き方として肯定しているようです。ただ、そうした中で一人だけすべてを超越した人物がいます。魯智深です。彼は悟りを開いて座禅を組んだまま仏と化します。つまりあらゆる生き方を超えて、至高の境地に至るのです。なぜ魯智深だけが救われるのでしょうか。

中盤以降、魯智深は武松とコンビを組んで行動します。第五十八・五十九回では、史進が賀知州に捕らえられたと知った魯智深は、武松が止めるのも聞かず、何も考えずに賀知州を殺しに行って、あっさり捕まってしまいます。これを見る限り、魯智深は後先考えない猪武者、武松は冷静な判断のできる人物ということになって、武松の方がすぐれていると見えます。しかし、これこそが魯智深が至高の存在とされる理由なのです。

このことを理解するためには、当時の思想界の動きを知る必要があります。「解説」でも述べたように、明代後期には陽明学が大いに流行しました。陽明学は人間が生まれながらに持つ「良知」を重視し、特にその過激派とされるグループは、利害得失や世間の規範にとらわれることなく、自分が正しいと思うことを貫いていくべきだと主張して、虚飾に満ちた教養人より、無学でも純粋な心を持つ庶民の方がより「真」なる存在であり、人間としての価値が高いと唱えて、任侠(にんきょう)的結合を重視しました。

こうした流れの中で理解すれば、魯智深が至高の存在とされる理由が見えてきます。彼は思慮分別にとらわれず、自分が正しいと思ったことは何のためらいもなく実行して、成功するかどうかなど気に掛けません。しかも、人を殺しはしますが、相手構わず殺す李逵(りき)や、冷血非情に無関係な者まで容赦なく殺す武松とは違って、決して無意味な殺人はしません。そもそも最初の鎮関西(ちんかんぜい)の一件でも、彼には殺意はなくて、力余って、誤って殺してしまっただけなのです。

このように、自分の利害は一切無視して、ひたすら正しいことに突き進む魯智深は、陽明学における一つの理想的人間像になっていきます。冷静に情勢を判断して動く武松は、まだ利害得失にとらわれた純粋さを欠く人間として一段下に置かれるのです。考えてみれば魯智深のあだ名は「花和尚」、武松のあだ名は「行者」でした。これは『西遊記』における三蔵法師と孫悟空に当たる組み合わせです。すばらしい神通力を持つ孫悟空も、一見無力な三蔵法師には頭が上がりません。それは、孫悟空が三蔵法師の純粋無垢な求道の心に服しているからなのです。魯智深の師智真長老は、最初に魯智深に会った時、他の僧たちに「この者はおまえたちなど及びもつかぬ悟りを開くであろう」と予言しました。智真は魯智深の純粋無垢な心こそ、真の悟りに至れるものだと見抜いていたのです。こうして魯智深は悟りを開いて仏になり、武松はその遺骨を守るように六和塔に残ることになるのです。

では魯智深は初めからそういう存在だったのでしょうか。陽明学が現れるのは明代中期であることにご注意ください。どうやら魯智深の性格は、『水滸伝』が今の形になる最終段階で定まったもののようですね。実は北方では魯智深は全く異なるキャラクターの持ち主でした。明の太祖朱元璋の孫にあたる周憲王朱有燉はすぐれた雑劇作者で、魯智深を主人公とする「豹子和尚」という作品を残しています。そこでは、魯智深には母と妻子があり、「智深」という名は俗名で、かつて寺にいたが素行が悪くて追い出されたことになっています。この劇では魯智深はまた出家しようとするのですが、それは無意味な殺人をするという理由で宋江に叱られたためでした。南方系の魯智深の性格は不明ですが、今私たちが知っているようなものだったかはどうかはわかりませんね。

ちなみに、字が読めないはずの魯智深が最後に偈を書くのは矛盾といえば矛盾です。もしかすると、仏となる魯智深に奇跡が起きたと理解すべきなのかもしれません。

第百回　結末——宋江の死

戴宗が宋江を訪れ、もらった官職を棄てて泰山で出家すると言って去る（後に泰山で死んで神として祀られる）。阮小七は赴任したものの、王稟たちに方臘の衣冠を身につけたことをあげつらわれて官職を奪われるが、かえって自由になれることを喜んで、漁師として天寿を全うする。柴進も方臘の婿になったことをあげつらわれることを恐れて、官職を棄てて滄州に戻り、死ぬまで静かに暮らす。それを聞いた李応も辞職して、杜興とともにもとの富農に戻って余生を過ごす。関勝・呼延灼は軍人に戻って、関勝は酔って落馬して死に、呼延灼は金と戦って陣没する。朱仝は軍人として功を立てて節度使になる。その他の者たちは、帰郷したり、復職したり、それぞれの道をたどる。

高俅と楊戩は宋江と盧俊義が目障りなので始末しようと画策し、まず人に盧俊義が謀反をたくらんでいると誣告させ、都に呼び寄せて、皇帝から賜る食事の中に水銀を混ぜておく。盧俊義は帰る途中体調が悪くなり、酔って小便をしようとして船から落ちて死ぬ。更に奸臣たちは、楚州（今の江蘇省淮安市）にいる宋江に御酒を賜ることにして、中に毒を入れる。勅使に命じられて飲んだ宋江は、腹痛を感じて毒酒と悟り、自分の死後李逵が反乱を起こすことを心配して、潤州にいる李逵を呼び寄せる。朝廷が毒酒を賜るそうだと宋江が李逵に話すと、李逵は反逆して梁山泊に上ろうと言う。宋江と李逵は毒入りの酒を飲み交わす。

この続きは原文をあげましょう。

　翌日、船の支度をして見送りに出ました。李逵が「あにきはいつ義兵をあげるんだね。おれの方でも軍を起こして呼応するぜ」と言えば、宋江は申します。「きょうだい、悪く思わないでくれ。この前朝廷が勅使を遣わされて、おれは毒入りの酒を賜ったのを飲んじまったから、もうすぐ死ぬんだ。おれは一生「忠義」の二字を貫いて、ほんの少しでも良心にそむくことはしてこなかった。今日朝廷が罪のない者に死を賜ったとしても、朝廷がおれを裏切ろうと、おれの忠義の心は朝廷を裏切りはせぬ。おれが死んだ後、おまえが謀反を起こして、我ら梁山泊の「天に替わって道を行う」忠義の名を台無しにするのが心配で、それでおまえを招いて一目会うことにしたんだ。昨日の酒の中にもう効き目の遅い毒を入れておまえに飲ませちまったから、潤州に帰ったら必ず死ぬだろう。おまえが死んだら、この楚州の南門の外に来るがいい。蓼児洼というところがあって、風景が梁山泊そっくりだから、おまえの魂とそこで一緒になろう。おれが死んだら、屍は必ずそこに葬る。おれはもう見て決めてあるんだ」。言い終えると、雨のように涙を流します。李逵は言われて、やはり涙を流して申します。「いいや、いいや、いいや。生きてる時にはあにきにお仕えするし、死んじまったらあにきの子分の小鬼になるまでさ」。言い終わると涙がこぼれて、体が少し重くなったように感じました。その場で涙を流しながら拝礼して宋江と別れると、舟に乗って潤州まで着いたところで、思った通り毒が回って死にました。

宋江も呉用と花栄に会えないことを心残りに思いながらその夜死に、遺言して蓼児洼に葬られる。数日後、李逵の柩も到着し、宋江の墓の側に葬られる。呉用の夢枕に宋江と李逵が現れ、蓼児洼に見に来てくれるよう求めるので、一人駆けつけて墓を撫でながらかき口説き、後を追って首をくくろうとしたところに、やはり宋江と李逵の夢を見た花栄が駆けつけ、二人はそろって首をくくって死んで、やはり蓼児洼に葬られる。徽宗はこのことを知らなかったが、李師師のもとを訪れて夢の中で梁山泊に行く。宋江は事情を訴え、天帝から梁山泊の神に封じられて、諸将もここに集っていると言って案内するところに、李逵が斬りかかるので目が覚める。徽宗は同じ夢を見た宿元景とともに奸臣たちを責めるが、奸臣たちは酒を届けた使者のせいにしてごまかしてしまう。徽宗は梁山泊に廟を建てて宋江たちを祀り、以後長く梁山泊と蓼児洼で宋江たちは霊験を示し続ける。

長い『水滸伝』の物語は、こうして結末を迎えます。最後に示されたのは、宋江・李逵・呉用・花栄の深い結びつきでした。江湖の世界の人々の間における生死をも超越する深いつながり、それこそが『水滸伝』の基本テーマであることが最後に最もはっきりした形で示されて終わるのです。特に宋江と李逵の結びつきの深さはとても印象的です。思えば、李逵はしょっちゅうとんでもないことをしでかしてきましたが、どれほど宋江に叱られようと決して宋江を嫌うことはありませんでした（宋江が女性をさらったと勘違いした時は別ですが、これは宋江が自分が信じていたような人間ではなかったと誤解したせいです）。宋江の方も、李逵がいろいろなことをしでかすたびに腹を立てるのですが、それでも李逵の姿が見えなくなると、おかしいほど取り乱してしまいます。江州での出会い以来、この二人の間にはこの世の何よりも深い結びつきがあったことが、最後に死をともにすることによって示されるのです。

盧俊義と燕青の関係も似ているようですが、決定的な違いがあります。盧俊義と燕青は主人と召使という主従関係にあったことです。席次こそ決まっているものの、基本的に対等の立場にある梁山泊の人々の中にあって、盧俊義と燕青は主従のままです。燕青は盧俊義を離れて、宋江の腹心として李逵（りき）や柴進（さいしん）を相棒に大活躍するのですが、それでも盧俊義の召使という身分は消えません。その点で、対等の立場で、宋江が好きでたまらないから、自分の意思で宋江に従う李逵とは違うのです。燕青が盧俊義のもとを離れるのは、主人と召使という関係を離脱するという意味があったのかもしれません。彼が宋江に会ってしまうと立ち去れなくなりそうだと考えて、宋江だけに置き手紙を残すのは、燕青と宋江の関係が李逵と宋江の関係に近づいていたことを示しているのでしょう。

皆が五台山（ごだいさん）で祈ったのは、百八人がいつまでも離れることなく、一緒にいられることでした。彼らにとって、絶対に信頼の置ける対等の立場の仲間のみからなる梁山泊は、夢のような世界だったのです。この物語を読んだ多くの人々にとっても、それはやはり夢の世界だったのでしょう。しかし夢はいつまでも続きません。物語は、その夢の世界からどうしても離れることができなかった四人が、死によってその世界を守り続けることで終わります。

最後に呉用(ごよう)は花栄(かえい)に向かって、「私は独り身で家族もいないから死んでもいいが、あなたには家族がいるんだから死なせるわけにはいかない」と言います。呉用は天涯孤独の身でした。思えば宋江にも李逵(りき)にも妻子はいませんでした。家庭の幸せとは無縁の彼らにとって、お互いの間のつながりだけが唯一かけがえのない、この上なく大切なものだったことが、ここには描き出されています。それに対して花栄が、妻子は見てくれる者がいるから気にしなくてもいいと答えることは、一旦この世界に属してしまえば、家族を持つ者にとっても仲間とのつながりの方が重要になってしまうことを示すものでしょう。そして、ずっと知識人らしく「小生」という一人称を使っていた呉用が、最後に「兄弟（おとうと）」という江湖の世界の弟分が使用する一人称を用いて宋江に呼びかけるところは涙なしには読めません。

　こうしてこの長い物語は、誰よりも固く結ばれた四人が、死によって永遠に結ばれることを語って、静かに終わります。

あとがき

『水滸伝』は、日本でも江戸時代以来非常に好まれてきました。曲亭馬琴は江戸時代後期を代表する作家といっていいと思いますが、彼の代表作『南総里見八犬伝』が『水滸伝』、『椿説弓張月』が清の陳忱による『水滸伝』の続篇『水滸後伝』を種本にしているという事実だけでも、その影響力の強さはよくわかるでしょう。絵画についても、葛飾北斎や歌川国芳の描いた『水滸伝』の豪傑の図はよく知られています。日本の俠客の争いの物語を『天保水滸伝』と名付けたりするのも、『水滸伝』がよく知られていたからこそでしょう。

明治・大正の頃までは、『水滸伝』は日本の常識といっても過言ではなかったように思われます。ところが、近年では『三国志』に比べると知名度は格段に劣っているようです。もしかすると、『ドン・キホーテ』などと並んで、名前は知っているが読んだことはない古典の一つになりかけているのかもしれません。

しかし、かつては日本の基礎的教養の一部であった上に、中国ではいうまでもなく最も重要な古典の一つであるわけですから、日本文化・中国文化のいずれを理解する上でも、『水滸伝』を知ることは非常に大切であるはずです。実際に読んでみれば、長年にわたり日中の人々の心を奪ってきたことも納得できる、無類(むるい)の面白さを持つ物語であることはおわかりいただけるでしょう。この本が『水滸伝』に親しむきっかけになるようでしたら幸いです。

本書を読んで本格的に『水滸伝』にふれてみようという方のために、翻訳をご紹介しておきましょう。

まずこれだけの大長篇を全部読み切る自信がちょっと……という方には、よくできた簡略版があります。

松枝茂夫(まつえだしげお)編訳『水滸伝』（岩波少年文庫、全三冊）

この本は、『水滸伝』を始めから終わりまで、ほぼ欠けることなく簡略化してあって（百二十回本の二十回まで含まれています）、文章もとても読みやすいすぐれたものですので、安心してお勧めできます。

やはり全訳が読みたいという方には、古くから次の二種が知られていました。

吉川幸次郎・清水茂訳『完訳　水滸伝』（岩波文庫、全十冊）

駒田信二訳『水滸伝』（元は平凡社『中国古典文学大系』。今は講談社文庫、全八冊）

更に、比較的新しいものとしては、

井波律子訳『水滸伝』（講談社学術文庫、全五冊）

があります。

どれもそれぞれすぐれたものですが、駒田信二訳は百二十回本、他の二つは容与堂本（百回本）を底本としていることにはご注意ください。また岩波文庫のものは改訳されていますので、古書で買われる場合は新しいものの方がよいでしょう。

文体は、岩波文庫が講釈師口調、後の二つは常体（〜だ、〜である）です。原文の再現としては講釈師の口調の方が適切で、本書でもその方向で原文を訳しましたが、読まれる方の好みに従って選んでいただけばよいかと思います。

更に、現在私が詳細な訳注を刊行中です。

小松謙『詳注全訳水滸伝』（汲古書院）

全十三巻の予定で、二〇二三年現在でまもなく第五巻が出る予定です。これは、物語の内容や用いられている言葉について詳しい注釈を施すとともに、容与堂本の李卓吾批評と金聖歎の批評をすべて日本語訳し、主要版本の異同もすべて記して、異同が生じた原因についても考察を加えたもので、訳文は徹底して原文に忠実に、一文字も漏らさず日本語にして、原文の味わいをそのまま伝えることを目指しています。『水滸伝』を深いところまで知ろうと思われる方は、ぜひご覧いただければと思います。

最後に個人的なことを一つ書いておきます。私が初めてふれた『水滸伝』は、講談社の『少年少女新世界文学全集』の一巻（そろえるのは無理なので、ほしい巻だけ買ってもらいました）で、『三国志』とあわせて一冊でした。その時は、正直言って『水滸伝』はあまり好きになれませんでした。スケールが大きい『三国志』に比べて、『水滸伝』の世界はせせこましく、残虐行為も多いので、子供心に泥臭く感じられたのだと思います。ですから、研究者になるまで『水滸伝』に入れ込むということも特にありませんでした。

ただ、専門に研究していたのが元雑劇（解説とコラムをご覧ください）でしたので、白話で書かれた重要作品という点で『水滸伝』は欠かせない存在でしたから、折にふれて読むことになりました。それとあわせて、私の最も重要な研究テーマとして、いつから、なぜ、不特定多数の読者が楽しみのために本を読むという行為が発生したのだろうという問題が浮上してきたのです。この問題について考える上で、『水滸伝』は極めて重要な意味を持っています。そして、『水滸伝』を読み込むうち、子供の頃『水滸伝』が好きになれなかった原因である泥臭さこそが『水滸伝』の魅力であることがわかってきました。そこには、『三国志』のような天下を動かす英雄たちとは異なる、庶民たちの生活や感情が生き生きと描かれていたのです。

これを読んだ明代の人々は、これまで文字の形で書かれたことのない事柄が見事に表現されていることに衝撃を受けました。その衝撃は、現在も薄れてはいないかもしれません。ここに描かれた人々の喜びや悲しみには、今にも通じるものが多く含まれているように思います。皆さんもともにそれを感じていただけたようでしたら、うれしく思います。

巻末資料①　百八人一覧（第七十一回の石碑による）

●天罡星三十六員

星	渾名	姓名
天魁星（てんかいせい）	呼保義（こほぎ）	宋江（そうこう）
天罡星（てんこうせい）	玉麒麟（ぎょくきりん）	盧俊義（ろしゅんぎ）
天機星（てんきせい）	智多星（ちたせい）	呉用（ごよう）
天閑星（てんかんせい）	入雲龍（にゅううんりゅう）	公孫勝（こうそんしょう）
天勇星（てんゆうせい）	大刀（だいとう）	関勝（かんしょう）
天雄星（てんゆうせい）	豹子頭（ひょうしとう）	林冲（りんちゅう）
天猛星（てんもうせい）	霹靂火（へきれきか）	秦明（しんめい）
天威星（てんいせい）	双鞭（そうべん）	呼延灼（こえんしゃく）
天英星（てんえいせい）	小李広（しょうりこう）	花栄（かえい）
天貴星（てんきせい）	小旋風（しょうせんぷう）	柴進（さいしん）
天富星（てんふせい）	撲天鵰（ぼくてんちょう）	李応（りおう）
天満星（てんまんせい）	美髯公（びぜんこう）	朱仝（しゅどう）
天孤星（てんこせい）	花和尚（かおしょう）	魯智深（ろちしん）
天傷星（てんしょうせい）	行者（ぎょうじゃ）	武松（ぶしょう）
天立星（てんりつせい）	双槍将（そうそうしょう）	董平（とうへい）
天捷星（てんしょうせい）	没羽箭（ぼつうせん）	張清（ちょうせい）
天暗星（てんあんせい）	青面獣（せいめんじゅう）	楊志（ようし）
天祐星（てんゆうせい）	金槍手（きんそうしゅ）	徐寧（じょねい）
天空星（てんくうせい）	急先鋒（きゅうせんぽう）	索超（さくちょう）
天速星（てんそくせい）	神行太保（しんこうたいほ）	戴宗（たいそう）
天異星（てんいせい）	赤髪鬼（せきはっき）	劉唐（りゅうとう）
天殺星（てんさっせい）	黒旋風（こくせんぷう）	李逵（りき）
天微星（てんびせい）	九紋龍（くもんりゅう）	史進（ししん）
天究星（てんきゅうせい）	没遮攔（ぼっしゃらん）	穆弘（ぼっこう）
天退星（てんたいせい）	挿翅虎（そうしこ）	雷横（らいおう）
天寿星（てんじゅせい）	混江龍（こんこうりゅう）	李俊（りしゅん）
天剣星（てんけんせい）	立地太歳（りっちたいさい）	阮小二（げんしょうじ）
天竟星（てんきょうせい）	船火児（せんかじ）	張横（ちょうおう）
天罪星（てんざいせい）	短命二郎（たんめいじろう）	阮小五（げんしょうご）
天損星（てんそんせい）	浪裏白跳（ろうりはくちょう）	張順（ちょうじゅん）
天敗星（てんぱいせい）	活閻羅（かつえんら）	阮小七（げんしょうしち）
天牢星（てんろうせい）	病関索（びょうかんさく）	楊雄（ようゆう）
天慧星（てんけいせい）	拚命三郎（へんめいさぶろう）	石秀（せきしゅう）
天暴星（てんぼうせい）	両頭蛇（りょうとうだ）	解珍（かいちん）
天哭星（てんこくせい）	双尾蝎（そうびかつ）	解宝（かいほう）
天巧星（てんこうせい）	浪子（ろうし）	燕青（えんせい）

●地煞星七十二員

地魁星(ちかいせい)　神機軍師(しんきぐんし)　朱武(しゅぶ)
地煞星(ちさつせい)　鎮三山(ちんさんざん)　黄信(こうしん)
地勇星(ちゆうせい)　病尉遅(びょううつち)　孫立(そんりつ)
地傑星(ちけつせい)　醜郡馬(しゅうぐんば)　宣賛(せんさん)
地雄星(ちゆうせい)　井木犴(せいぼくかん)　郝思文(かくしぶん)
地威星(ちいせい)　百勝将(ひゃくしょうしょう)　韓滔(かんとう)
地英星(ちえいせい)　天目将(てんもくしょう)　彭玘(ほうき)
地奇星(ちきせい)　聖水将(せいすいしょう)　単廷珪(ぜんていけい)
地猛星(ちもうせい)　神火将(しんかしょう)　魏定国(ぎていこく)
地文星(ちぶんせい)　聖手書生(せいしゅしょせい)　蕭譲(しょうじょう)
地正星(ちせいせい)　鉄面孔目(てつめんこうもく)　裴宣(はいせん)
地闊星(ちかっせい)　摩雲金翅(まうんきんし)　欧鵬(おうほう)
地闔星(ちこうせい)　火眼狻猊(かがんさんげい)　鄧飛(とうひ)
地強星(ちきょうせい)　錦毛虎(きんもうこ)　燕順(えんじゅん)

地暗星(ちあんせい)　錦豹子(きんぴょうし)　楊林(ようりん)
地軸星(ちじくせい)　轟天雷(ごうてんらい)　凌振(りょうしん)
地会星(ちかいせい)　神算子(しんさんし)　蔣敬(しょうけい)
地佐星(ちさせい)　小温侯(しょうおんこう)　呂方(りょほう)
地祐星(ちゆうせい)　賽仁貴(さいじんき)　郭盛(かくせい)
地霊星(ちれいせい)　神医(しんい)　安道全(あんどうぜん)
地獣星(ちじゅうせい)　紫髯伯(しぜんはく)　皇甫端(こうほたん)
地微星(ちびせい)　矮脚虎(あいきゃくこ)　王英(おうえい)
地慧星(ちけいせい)　一丈青(いちじょうせい)　扈三娘(こさんじょう)
地暴星(ちぼうせい)　喪門神(そうもんしん)　鮑旭(ほうきょく)
地然星(ちぜんせい)　混世魔王(こんせいまおう)　樊瑞(はんずい)
地猖星(ちしょうせい)　毛頭星(もうとうせい)　孔明(こうめい)
地狂星(ちきょうせい)　独火星(どっかせい)　孔亮(こうりょう)
地飛星(ちひせい)　八臂那吒(はっぴなた)　項充(こうじゅう)

地走星(ちそうせい)　飛天大聖(ひてんたいせい)　李袞(りこん)
地巧星(ちこうせい)　玉臂匠(ぎょくひしょう)　金大堅(きんだいけん)
地明星(ちめいせい)　鉄笛仙(てってきせん)　馬麟(ばりん)
地進星(ちしんせい)　出洞蛟(しゅつどうこう)　童威(どうい)
地退星(ちたいせい)　翻江蜃(ほんこうしん)　童猛(どうもう)
地満星(ちまんせい)　玉旛竿(ぎょくはんかん)　孟康(もうこう)
地遂星(ちすいせい)　通臂猿(つうびえん)　侯健(こうけん)
地周星(ちしゅうせい)　跳澗虎(ちょうかんこ)　陳達(ちんたつ)
地隠星(ちいんせい)　白花蛇(はっかだ)　楊春(ようしゅん)
地異星(ちいせい)　白面郎君(はくめんろうくん)　鄭天寿(ていてんじゅ)
地理星(ちりせい)　九尾亀(きゅうびき)　陶宗旺(とうそうおう)
地俊星(ちしゅんせい)　鉄扇子(てっせんし)　宋清(そうせい)
地楽星(ちがくせい)　鉄叫子(てっきょうし)　楽和(がくわ)
地捷星(ちしょうせい)　花項虎(かこうこ)　龔旺(きょうおう)

地速星　中箭虎　丁得孫
地鎮星　小遮攔　穆春
地嵇星　操刀鬼　曹正
地魔星　雲裏金剛　宋万
地妖星　摸着天　杜遷
地幽星　病大虫　薛永
地伏星　金眼彪　施恩
地僻星　打虎将　李忠
地空星　小覇王　周通
地孤星　金銭豹子　湯隆

地全星　鬼臉児　杜興
地短星　出林龍　鄒淵
地角星　独角龍　鄒潤
地囚星　旱地忽律　朱貴
地蔵星　笑面虎　朱富
地平星　鉄臂膊　蔡福
地損星　一枝花　蔡慶
地奴星　催命判官　李立
地察星　青眼虎　李雲
地悪星　没面目　焦挺

地醜星　石将軍　石勇
地数星　小尉遅　孫新
地陰星　母大虫　顧大嫂
地刑星　菜園子　張青
地壮星　母夜叉　孫二娘
地劣星　霍閃婆　王定六
地健星　険道神　郁保四
地耗星　白日鼠　白勝
地賊星　鼓上蚤　時遷
地狗星　金毛犬　段景住

巻末資料②　『大宋宣和遺事』の三十六人

智多星（ちたせい）　呉加亮（ごかりょう）
玉麒麟（ぎょくきりん）　李進義（りしんぎ）
青面獣（せいめんじゅう）　楊志（ようし）
混江龍（こんこうりゅう）　李海（りかい）
九紋龍（くもんりゅう）　史進（ししん）
入雲龍（にゅううんりゅう）　公孫勝（こうそんしょう）
浪裏白条（ろうりはくじょう）　張順（ちょうじゅん）
霹靂火（へきれきか）　秦明（しんめい）
活閻羅（かつえんら）　阮小七（げんしょうしち）

立地太歳（りっちたいさい）　阮小五（げんしょうご）
短命二郎（たんめいじろう）　阮進（げんしん）
大刀（だいとう）　関必勝（かんひっしょう）
豹子頭（ひょうしとう）　林沖（りんちゅう）
黒旋風（こくせんぷう）　李逵（りき）
小旋風（しょうせんぷう）　柴進（さいしん）
金鎗手（きんそうしゅ）　徐寧（じょねい）
撲天鵰（ぼくてんちょう）　李応（りおう）
赤髪鬼（せきはつき）　劉唐（りゅうとう）

一撞直（いちどうちょく）　董平（とうへい）
挿翅虎（そうしこ）　雷横（らいおう）
美髯公（びぜんこう）　朱同（しゅどう）
神行太保（しんこうたいほ）　戴宗（たいそう）
賽関索（さいかんさく）　王雄（おうゆう）
病尉遅（びょううつち）　孫立（そんりつ）
小李広（しょうりこう）　花栄（かえい）
没羽箭（ぼつうせん）　張青（ちょうせい）
没遮攔（ぼつしゃらん）　穆横（ぼくおう）

浪子（ろうし）　燕青（えんせい）
花和尚（かおしょう）　魯智深（ろちしん）
行者（ぎょうじゃ）　武松（ぶしょう）
鉄鞭（てつべん）　呼延綽（こえんしゃく）
急先鋒（きゅうせんぽう）　索超（さくちょう）
拚命三郎（へんめいさぶろう）　石秀（せきしゅう）
火船工（かせんこう）　張岑（ちょうしん）
摸著雲（もちゃくうん）　杜千（とせん）
鉄天王（てってんのう）　晁蓋（ちょうがい）

ビギナーズ・クラシックス 中国の古典

水滸伝

小松 謙＝編

令和5年 12月25日　初版発行

発行者●山下直久

発行●株式会社KADOKAWA
〒102-8177　東京都千代田区富士見2-13-3
電話　0570-002-301(ナビダイヤル)

角川文庫 23964

印刷所●株式会社暁印刷
製本所●本間製本株式会社

表紙画●和田三造

●お問い合わせ
https://www.kadokawa.co.jp/（「お問い合わせ」へお進みください）
※内容によっては、お答えできない場合があります。
※サポートは日本国内のみとさせていただきます。
※Japanese text only

ISBN 978-4-04-400767-6　C0198

◇◇◇